能小説 —

艶めき新生活

北條拓人

竹書房ラブロマン文庫

目次

この作品は、竹書房ラブロマン文庫のために
書き下ろされたものです。

序章

「私、どちらかというと口下手で……。だから、その……直接、私のカラダに取材してみませんか？」

美人妻からの突然の申し出に、さすがに大野圭一《おおのけいいち》は呆気《あっけ》に取られた。

恐らくは鳩が豆鉄砲でも食らったような顔をしていたのだろう。向かい合う彼女は、くすりと小さく笑いながら、いきなり圭一にしなだれかかってくる。

「この面接で〝気になる淑女〟で私を掲載するかが決まるのですよね？　その淑女にふさわしいかどうかを……」

肉感的な曲線を誇る女体が圭一の体に、ねっとりと擦《こす》り付けられる。

美しい女体から馥郁《ふくいく》とした甘い香りが漂《ただよ》い、媚薬《びやく》のように圭一の鼻腔をくすぐっていく。

おんなの武器を駆使してでも圭一を誑《たら》し込むつもりなのだろう。そうと判っていてもたっぷりと振りまかれるおんなの色香に圭一はうっとりさせられる。

（見た目以上に、おっぱいでかい……！）

二十七歳にもなって、我ながら幼稚な感想と思うものの、それしか浮かばないのは、それほどボリュームたっぷりな乳房であるからだ。

「あの、でも河田《かわだ》さん。こ、こう見えても俺は、仕事に私情は挟まない主義で、こんなことをされても、その……。ご、ご期待に応えられるかは」

美人妻に気圧《けお》されながらも、圭一は伝えるべきことを口にする。

「それにご存じのようにベスト淑女は、読者の投票で選ばれるもので、これが河田さんの得になるとは思えません」

時折、こういった売り込みをする女性が現れるのも、ひとえに月刊雑誌ヴィレ・ラモードの影響力の大きさゆえだ。

紙面で取り上げられるお店は、繁盛間違いなしであり、取材された女性は大きなチャンスを手にすることになる。

それ故に、彼女のようにカラダを張る女性も少なくないと聞く。

「ええ、そうなのでしょうね。きっと、圭一さんは私情を挟むタイプではないのでしょう。けれど、少しでも圭一さんに、いい印象を持っていただくことは、私にとって損なことではないはずです」

　やんわりと拒絶されたというのに、なおも美人妻は圭一にそのカラダを擦り付けてくる。さらには、首に巻き付けられていた手指が圭一の下腹部に降りてきて、さらなる手管《てくだ》を見せるのだ。

（君子危うきに近寄らず……。とは言うものの、ちゃんと警告はしたのだし……。据え膳食わぬは男の恥ともいうしな）

　むろん、公私の区別を厳格に付けたとしても、まくら営業にも等しい接待を受けていいはずがない。まして彼女は人妻であり、まるで間男を働くようなものなのだ。他方で、そのスリリングな背徳感がどうしようもなく圭一を興奮させている。

「しかし、こんなことをされても河田さんをディーバに推薦するとは、確約できません」

　きちんと釘を刺すのは、保身のためもあるが、自分自身への免罪符でもある。そんな言い訳をしてでもモラルを犯したくなるだけの魅力が、確かに彼女にはあった。

　並外れた器量ではないものの間違いなく美人に分類される顔立ちには、生まれついての品のよさが見受けられる。

　けれど、何と言っても惹《ひ》かれるのは、その男好きのする顔立ちであり、そこはかとなく滲《にじ》み出た色っぽさだ。

「構いませんわ……。ありのままの私を知っていただいた上で、それでもダメなら仕方がありません」

渡されていた履歴書には二十九歳とあるが、もしかすると二～三歳サバ読んでいるかもしれない。それでもスレンダーながらも肉感的なカラダの曲線は、これまでの取材などであまたの美女たちを目にしてきた圭一でさえも、たまらない気持ちにさせられる。

（うん。確かに、いいおんな振りだ……。たまらないカラダつきをしている！）

その素晴らしいプロポーションが、五歳になる子供がいてなお悩ましく維持されていることに驚きさえ感じられた。

「河田さんなどと呼ばずに、どうか今だけは美鈴《みすず》と呼んでください」

艶《つや》のあるセミロングの髪から扇情的な甘い匂いが、さらに振りまかれ圭一を落ち着かなくさせた。

（人妻って、こんなにエロいものだっけ？　こんなに綺麗な貌《かお》して、よがり乱れると凄いのだろうなあ……。おっぱいなんか揺れまくりにして……！）

僅《わず》かに残された理性が、警告を鳴らしているものの、まるで思春期の少年の如《ごと》きスケベな妄想を逞《たくま》しくさせてしまう。それもこれも美鈴の挑発的にすぎるカットソーがいけないのだ。

ぴったりと女体に張り付くニット素材であるだけに、特大のふくらみのフォルムに生地が引き伸ばされて悩ましいことこの上ない。さらには、襟《えり》のボタンの上二つを開かせて、悩ましくも豊かな谷間を覗《のぞ》かせるのだ。

やわらかいであろうことを保証するように、微《わず》かな身じろぎでさえぷるんぷるんと揺れ動く胸元に、つい視線が吸い込まれてしまう。

白いタイトスカートの大胆なスリットから白い太ももが覗けるのもまずかった。圧倒的な眼福《がんぷく》に、股間のモノがムクムクと勃《た》ちあがるのを禁じ得ない。

美女ばかり目にしてきた割にしばらく女体と触れ合っていないのも事実だ。フリーのライターとして独立して間もないこともありそれどころではなく、生身《なまみ》のおんなとはご無沙汰《ぶさた》なのだ。

「うふふ。圭一さん、凄いのね……。とっても元気ぃっ！」

まるで人目を憚《はばか》るように小声で囁いた人妻が、ポッと目元を赤らめながらも、その細い手指を圭一の太ももの上に運んでくる。

「私、普段から見知らぬ男性にこんなことをするおんなではないのですよ。けれど、圭一さんには、少しでも早く私のことを理解してもらいたくて……」

確かに淑女にはあるまじき行為には違いない。事実、ここまであからさまな売り込みに、さすがに圭一も気色ばんでいる。

とはいえ、圭一が生理的な反応を示しているのは事実であり、もはや美鈴を拒む気になどなれない。むしろ、彼女がどこまでのことをしてくれるのか期待している。

昼休憩中で、二人きりのイタリアンレストラン。美鈴はここのオーナー兼シェフだと聞いている。

清楚な美貌の裏側で、店を守るためであるにせよ、ここまでする彼女に圭一は半ば舌を巻いていた。

「お、奥さん……」

美鈴の手指はその温《ぬく》もりを味わわせるだけでは満足せずに、圭一の硬いモノに悪戯《いたずら》しようとするかのように、じりじりとその距離を縮めてくる。

「あん、いやよ。美鈴って呼んでって言いました……。ね、あ・な・た」

圭一の耳元に息を吹きかけるように「あ・な・た」と呼んだ唇が、ふいにその距離を縮め耳朶《みみたぶ》を甘く噛んだ。

「み、美鈴さん……」

圭一の腕にたわわなふくらみが擦り付けられる。

たっぷりとした重々しいふくらみは、経産婦のそれらしく、まさしく生クリームを詰めた袋の如く、むにゅんと押し潰《つぶ》れて圭一の二の腕を覆《おお》い尽くす。

美鈴の本心を窺《うかが》うように、その顔を見つめる。

初対面の時よりも目が腫《は》れぼったい。眼元が熱を帯びているように薄ピンクに染まっている。明らかに発情をきたしたおんなのそれであることは、久しく女体に触れていない圭一にも判る。

（ああ、本気で美鈴さんは発情している……。も、もしかして、欲求不満を貯め込んでいるとか……？）

これほどの美女であり色っぽくもある彼女が、欲求不満を溜《た》め込んでいるなど信じられない。まだ若い人妻なのだから、ご主人から愛されて当然なのだ。

にもかかわらず、しなだれかかる女体からはしどけなく力が抜け、触れなば堕《お》ちん淫花《いんか》そのものの表情で人妻が秋波を飛ばしている。

長くしなやかな手指はついに圭一の股間へと及び、ズボンの前の盛り上がりをゆっくりと撫で上げてくるのだ。その手つきは、圭一の男根を値踏みするかのようであり、それでいて張り詰めた肉塊を慈悲深く慰めるようでもある。

「うおっ！　み、美鈴さん……」

親指の付け根と四本の指で強張《こわば》りを挟み込むように、やさしく蠢《うごめ》く。

「こんなに硬くさせて、とっても苦しそう……。どうか私にさせてください。いま楽にしてあげますから……。いまだけは私を妻と思って、任せてください」

ますます目元を赤くしながらも、手際よくズボンのファスナーを引き下げていく人妻。逸物《いちもつ》はひどくやるせなくさんざめきながら、ぶるんと勢いよくパンツの社会の窓から零《こぼ》れ落ちた。

「まあ、凄い！　こんなに逞しいのですね」

肉塊の節操ない勃起《ぼっき》ぶりに、おんなの矜持《きょうじ》を満たされたのか、いよいよ美鈴はその興奮の色を隠さない。圭一を椅子に腰かけさせると、自らはその股間の間に傅《かしず》いて、手指を肉柱に絡みつけてくる。

上目遣いも色っぽく、上気した美貌には秘密めいた笑みを絶えず浮かべている。

「おふぅっ！　美鈴さんっ、やばいです。それ!!」

二歳年上の人妻に他愛もなく翻弄《ほんろう》され、まるで思春期の少年に戻ったような心持で身を任せている。

甘酸っぱい思いすら込み上げ、堪《たま》らなくなった圭一は、肉感的な女体に手を伸ばし、そのやわらかくも官能的な風合いを堪能《たんのう》した。

その肉体には、骨がないのかと思われるほどで、まるでパン生地を弄《もてあそ》ぶような触り心地。しかも確かな肉感がそこにあり、その抜群の熟《う》れ具合を味わわせてくれる。

それでも圭一とて二十七歳の青年であり、力任せに女体を貪《むさぼ》るような真似だけは自制した。

あくまでソフトに、ジェントルであるよう心掛け、目いっぱいの愛《いと》しさが彼女に伝わるよう女体を撫で擦る。そうすることが、つかの間の愛情を与えてくれる彼女への礼儀と圭一には思えた。

「あん。やさしく触るのですね……。こんなふうに扱《あつか》われるのは久しぶりです」

人妻がうっとりした表情で訴えかけてくる。亭主がいながらどうしてとずっと不思議に思っていたが、そういうことかと合点がいった。

「妻の私に、夫は興味を失っていて……。きっと外におんなを……」

どれほど美しい妻を娶《めと》ろうとも、他のおんなを追いかけるのが男の哀しい性《さが》であることを独身の圭一でも知っている。

永遠の愛などあり得ないのかもと、薄々感じてもいる。けれど、美鈴ほどの美女を目の前にして、興味を失う男の気が知れない。

（彼女は、〝気になる淑女〟の書類選考を通過するほどの美女なんだぞ……。それだけでも凄いことなのに……）

自薦他薦を問わず編集部には、毎日百通近くの選考書類が届けられる。美鈴はその山に埋もれることなく、出版社が人件費をかけてでも見極める価値があると認められた女性なのだ。

「こんなにきれいな人をほったらかしにするなんて……。俺なら絶対そんなことしません……」

「あぁ、圭一さん、うれしい」

直《じか》に肉棒を慰められている快感。ヒンヤリとした細い指が、しっとりと吸い付くように分身を刺激してくる。

軽く握られては緩《ゆる》められ、すっと擦り上げてはズリ降ろされ、甘い愉悦《ゆえつ》が時に淡く、時に鋭く、リズミカルでありながら決して単調にならず慰めてくれる。

「本当に凄いおち×ちんなのですね。想像よりもずっと太くて長い……。こんなふうに掌にあるだけで、私、はしたなく興奮していますっ！」

甘く囁きながら美鈴が太ももの上に跨ってくる。後ろ手に肉幹をあやしながら圭一の膝の上で身を捩《よじ》らせ、たわわな乳房の感触を味わわせてくれるのだ。

切なげに息を吹きかけられるのもたまらなかった。その濃艶《のうえん》な色香は、やはり人妻ならではのものだろう。同年代の女性よりも大胆であり、男あしらいも慣れているように感じられる。

むろん、それは単に美鈴というおんなが奔放なだけであり、世の人妻が皆、淫《みだ》らである証拠にはならない。そうと判っていても、相手が他人妻であると意識するだけで、いつも以上に興奮を煽《あお》られている。

「おおぉぉっ！　美鈴さぁ〜〜んっ」

ずりんと肉皮を引き下げられ、器用な親指にカリ首を撫でられたからたまらない。悲鳴のように美妻の名を呼び、腰をびくんと跳ね上げた。

「あん。とっても気持ちよさそうにしてくれるのですね。うれしいから、もっと淫らなことをしちゃいますね！」

微熱を帯びた囁きが圭一の脳漿《のうしょう》にまで染み入り、ぐちゃぐちゃに蕩《とろ》けさせていく。しかも、その後には、やさしく耳朶を甘嚙《あまが》みされるのだ。

勃起肉に沿うような手指のスライドが、滑らかにピッチを上げたからそれが美鈴の言う「もっと淫《みだ》らなこと」だと思い込んでいた。けれど、人妻の艶貌が圭一の耳元を離れ、膝の上から女体が退《しりぞ》いていく。勃起に巻き付けられた手指も離れると、今度は女体が前屈するようにぐっと折られ、媚妻の口唇が亀頭部にちゅっと押し当てられた。

「えっ？　美鈴さん、そ、そんなことまで……!!」

ぽってりした美鈴の唇が開き、チロリと現れたピンクの舌が、自らの唇に付着した我慢汁をぺろりと舐《な》めた。

「うふふ。圭一さんの先走りのお汁、とっても濃いです」

その扇情的な表情がたまらず、肉塊をひくひくと動かせた。喘《あえ》ぐように鈴口がパクパクと蠢《うごめ》いたのだろう。それを見て、「うそっ」と美鈴が驚きの声をあげながら艶冶《えんや》に微笑《ほほえ》んでいる。男の生理を知る人妻だけに、男を誑《たぶら》かす術《すべ》も知り尽くしている。

「ぐうぉおっ！　み、美鈴さんっ！」

ためらいもなく人妻は両手を添《そ》えて亀頭部に舌を絡めてくる。

目を瞑《つむ》り、戯れるような舌遣いで、亀頭部や肉エラを舐めまわしては、ちゅちゅっとキスを繰り返す。

今日会ったばかりの他人妻のフェラ。それもすこぶる付きの色っぽい美女に舐められているその事実だけで、圭一は極度の興奮に呻《うめ》いてしまう。

それも至極丁寧にまるで愛しい人の分身であるかのように、ぺろぺろと我慢汁を舐め取っていく。

けれど、美人妻が舐めるそばから夥《おびただ》しい我慢汁が次から次に溢《あふ》れ出て、舐めても舐めても綺麗にならない。

そんな圭一を咎《とが》めることなく美鈴は肉塊全体を舐めまわし、ついには亀頭部を口腔に咥《くわ》え込むのだった。

「おっ、おっ、おおおっ！　美鈴さんが、俺のち×ぽを咥えていく！」

上品な唇がぱっくりと亀頭部を呑み込み、さらに肉棹《にくざお》の半ばまで呑み込んでいく。

圭一の巨大な質量に目を丸くしながらもなお、喉奥《のどおく》にまで肉塊が導かれるのだ。

「う、ウソっ！　ここまで深く俺のち×ぽを呑み込んでくれた人は、いませんでした。美鈴さんがはじめてです」

上顎のごつごつした感触に上ゾリを擦られ、喉奥のねっとりとしたぬめりに亀頭粘膜を覆われ、豊潤《ほうじゅん》な唾液《だえき》がねっとりとまぶされた朱舌がレロレロと裏筋をくすぐってくる。

さらには、かつて味わったことのない根元まで呑み込まれる気色よさに、圭一は全身に鳥肌が立つほどの快感を味わっている。

ビジュアル的にも柔軟な朱唇が淫靡《いんび》にパツパツに拡がっている姿が酷《ひど》く淫靡であり、ますます圭一は興奮のボルテージをあげていく。

「おおおおぉぅっ！　み、美鈴さんのおしゃぶり、堪りません。正直、こんなに気持ちのいいフェラははじめてです」

すっかり少年の頃に戻ったような心持ちで圭一は、年上の人妻に悪戯されているような妄想に陶酔している。

「今だけは、美鈴はあなたのおんなです。人妻ではありません。こんなふしだらなご奉仕もあなたのおんなだからできるのです……」

「美鈴さん。いいです。すごくいい。こんなにエロカワイイおんながしてくれているのだから俺はしあわせものです」

それは本心であり、彼女を妻に持つ男が無性にうらやましく思えた。そんな圭一の〝本心〟がいたく美鈴のおんな心を震わせたらしい。

「圭一さんもふごいれふ！　私、大きな圭一さんのおち×ちんに喉奥の性感を刺激されて、感じています……。ま、まるでセックスしているみたい」

しゃくりあげるように溜息を繰り返した美鈴は、またすぐに肉柱の先端部に震い付いてくる。

「ふおおおっ」

灼熱しきった先端に唇が触れるなり美牝妻《びめづま》は喉の奥で呻いていた。先端がまたしても唇を押し広げ、口腔粘膜を擦り、喉元まで達するなり、絶頂にでも達したかのようなくぐもった喘ぎを漏《も》らすのだ。

「おほほぅっ」

喉の奥から悲鳴にも似た歓喜の声を放ち、そのまま息を吸い込んでは、肉棹の先端に喉の入口を押し付けるように被《かぶ》せてくる。

途端《とたん》に、女体がブルブルッと妖しく震えた。甘美さと息苦しいまでの旋律に襲われていることを示すように。

最早それは、まくら営業の接待を越え、生身のおんなの本性を露《あら》わにしているように見えた。

「おうぅっ……くっ……いいです。本当に、気持ちいい……っ！」

息を吸い込んだまま入り口の粘膜で先端部を締め上げ、頬《ほお》の内側で幹を吸い、さらに全体へネトネトとやわらかい舌を巻きつけて、しゃぶりまわしてくれる。

淫らに男根を味わいながらも、それ以上に圭一を気持ちよくさせようと厚くもてなしてくれるのだ。

「うむぅ……そんなにいいですか？　少しはフェラに自信あったけど、そんなに歓《よろこ》んでいただけると嬉しいです。おんなとして褒められているようで」

肉塊を喉奥から引きずり出して、大きく肩で息をしている。肺の中の酸素をすべて使い果たしたのだろう。

美貌を紅《あか》く上気させ、瞳には淫情を煌《きら》めかせ、うっとりとこちらを仰《あお》ぎ見ている。

「ええ。本当に上手です。愛情たっぷりに咥えてくれているのがよく判るし、いやらしさにも興奮させられ通しで……。きっとこれが人生最高のフェラになるんじゃないかと思われるほどです」

圭一の褒め言葉がよほど嬉しかったと見えて、じっとりと濡れさせていた瞳がさらにトロンと潤《うる》んだ。

「圭一さんが褒め上手だから、私、どこまでも淫らなことをしてあげたくなってしまいます」

言いながら美鈴は、ニットの前ボタンを全て外した。

途端に零れ落ちる豊満な肉房。さらに美鈴は、華奢《きやしや》な肩からブラ紐を外し、オフホワイトのブラカップをずり下げてふくらみの全てを晒《さら》した。

その大きなふくらみは美妻の自慢なのだろう。だからこそ、惜しげもなく晒してくれるのだ。

それも頷《うなず》けるほど圧倒的な迫力の肉房は、いかにもやわらかそうで、瑞々《みずみず》しく張りつめている。乳房の割に小ぶりの乳首は、とても子供を育《はぐく》んだとは思えない清楚さで純ピンクに色づいている。

そそる魅惑のフォルムに、圭一はむぎゅっと菊座を絞め、疼《うず》く勃起を嘶《いなな》かせた。

「まあ、すごいっ！　手も触れずに、おち×ちんが、ぶるんって跳ねました！」

目元まで発情色に染めながら人妻が称賛の眼差しを送ってくれる。

「凄いのは美鈴さんのおっぱいです。大きくってエロいのに、とてつもなくキレイだぁ！」

見惚《みと》れる圭一の視線におんなの矜持を満たされたのか、美妻が唾液と先走り汁でねとねとになった肉竿をその豊かな乳房の谷間に挟んでくれた。

大きいと自負する肉勃起でも、その大半が隠れてしまうほどの豊乳に、圭一はぐびっと唾《つば》を飲んだ。

「おううっ……。美鈴さんのおっぱい……こんなにふわふわなのですねっ！」

パイズリを受けるのはこれが初めてではないが、美鈴のこれは挟むというより〝埋まる〟と称した方が正しい。さらには、その滑らかさ、やわらかさは極上の一級品で、信じられないほど官能的な感触なのだ。

「うれしいです。おんなとして認められることが、こんなにうれしいなんて……。逞しいおち×ちんが美鈴のおっぱいに欲情してくれるのですもの……」

「美鈴さんのこのおっぱいに欲情しないはずがありません……。こんなに魅力的なのですから！」

「ああん、本当に褒め上手ぅ。それがお世辞じゃないって証拠、このおち×ちんで示してくださいね？」

敏感な反《そ》り返りをふくらみで圧迫しながら再び亀頭部を咥え込むと、優美な頬を窪めさせ胴体を吸いはじめた。

「ああっ……い、いい！　おうぅっ、美鈴さん……っ！　ぐふうぅっ、し、舌が動くたびに……びりびりくるっ！」

圭一が椅子の上で腰を引いても、美鈴はとろんと潤ませた瞳で肉茎を追う。唇を窄《すぼ》め包皮ごと亀頭を舐め回しては「ああ……」と顔を上気させている。

頬に垂《た》れた髪を指で摘《つま》み、耳にかける仕草がなんとも色っぽい。

（どんなに上品に澄ましていても、人妻ってこんなにエッチなんだ……）

これまでは倫理感もあって他人妻に興味を抱くことは極力避けてきた。けれど、こんな経験をさせられたら、どっぷりと人妻の魅力にドハマりしそうだ。

「ああん……いやらしくなっている顔を見ないでください。軽蔑しないでくださいね……。でも、今だけは圭一さんのおんなだから、恥ずかしいことも頑張ってできちゃいます」

極上のフェラチオの心地よさを圭一は言葉ではなく肉茎の角度で伝える。

「うぅ……っ。まだ大きくなれるのですね……んん、あふ、ぁあっ、素敵……っ」

またしても頬を淫らに凹《へこ》ませて圭一の分身を愛しげに舐めしゃぶる人妻。ぢゅぶちゅるっと卑猥《ひわい》な水音を立てては、微細な振動で亀頭冠を震わせる。

「おううぅ～っ」

やわらかく生温かい口中粘膜にどうしようもなく翻弄される。魂まで揉《も》み抜かれるような喜悦に見舞われた。

鋼《はがね》のように硬直した肉柱が、灼熱した先端を膨《ふく》れ上がらせた。射精衝動の予兆を示したのだ。

「おほぅ……あふうっ、き、気持ちいいです……っ」

ぽってりした唇を肉茎にまとわりつけながら、繊細な手指が付け根をムギュリと締め付ける。

とろりと先走る雫《しずく》を舌で掬《すく》っては、こくんと呑み込むのが白い喉の動きで判った。

「んふ……ううっ、我慢汁なのにこんなに濃い……。溜まっているのですね……。いいですよ。美鈴のお口の中に射精《だ》してもも……。濃ゆい子胤《こだね》、美鈴も飲みたいです」

可愛らしい口調でおねだりしてくれる美鈴。その鼻翼が艶《なま》めかしく光っている。鼻と唇を繋《つな》ぐ人中の窪みが、勃起に引き伸ばされているのが淫らだ。

たまらず圭一もグイッと腰を突き出した。

「ん……あっ、んふんっ……んふぅ」

膨張《ぼうちょう》した亀頭部に喉を塞《ふさ》がれ苦しくなったのか、美妻がぷはぁっと肉茎を吐きだした。けれど、肉棹にまとわりついた乳肌のお陰で、快感が途切れることなく続いている。

そそり勃つ塔を包み込み、豊かな白乳がたっぷんと重たげに揺れている。子供を育てた母の量感は水風船のよう。その先端では淡い色合いの乳首がぷっくりと膨らんだ乳輪を従えて頭を出している。

「ああんッ、また太くて硬くなったみたい……。もうイキそうなのですね……」

的確に、圭一の断末魔を悟った美人妻は、今一度肉塊を咥えなおし、リズミカルに顔を上下させていく。

豊満な女体全体をリズミカルに揺すらせ、首をしゃくりあげるようにさせ圭一を追い詰めてくる。

「ぐわあああっ。ダメです。そんな風にされたら本当に射精《で》ちゃいますよぉ！」

制止を求める圭一の声にも関わらず、美鈴のフェラチオは、いよいよ忙《せわ》しなく律動させてくる。

圭一は凄まじい悦楽に心まで蕩かせながら、込み上げる射精感に自らも腰をしゃくらせている。燃えるような喉の入口へ、媚妻の貌の動きに合わせて、肉柱を素早いストロークで打ち込んでいく。

もうあと少し、三擦《みこす》りも必要としないところまでたどり着いたその時、店の裏口の方から数人の話し声が聞こえてきた。

「ああん。もう、そんな時間なの……？　ごめんなさい。お店のみんなが帰ってきたみたい……。早く、おち×ちんしまってください……。早く！」

まるで何事もなかったかのように、落ち着き払った様子で乱れた衣服を手早く整えていく美鈴に、圭一は凄いものを見せられている気がした。

一分《いちぶ》の隙もなく店主の仮面を被りなおす彼女に、おんなの素顔を垣間見たのだ。

「あの、今度は取材抜きで私と逢っていただけますか？　その時にこの続きを……」

圭一の頬にチュッと口づけしながら色っぽく美鈴が囁いた。

第一章　気になる淑女

1

（さて、何から手を付けよう……）

はじめて訪れたわけではないが、だからといって頻繁《ひんぱん》に訪れていたわけでもない街。

駅の改札を抜け、圭一が真っ先にしたことは、大きく深呼吸して街の匂いを嗅《か》いだことだった。

馥郁とした桜の香り。

（そうか、もう桜の季節なんだ！）

何となく気分が浮き立つのは、桜に誘われてのことばかりではない。

はじまったばかりの新生活——というよりも新たな仕事の依頼に、ようやく再始動したからだ。

雑誌編集者から転身して間もないフリーライターの圭一が、かつて世話になった土《ひじ》方《かた》の呼び出しを受けたのは半月前。

土方はかつての雑誌編集部から移動して、現在は月刊誌『ヴィレ・ラモード』の編集長を務めていた。

その土方の用件が、圭一にヴィレ・ラモードの人気企画の『気になる淑女』を担当して欲しいということだとは思ってもみなかった。

雑誌ヴィレ・ラモードは、フランス語で〝おしゃれな街〟を意味する誌名のとおり、当初は、単なる商店街やモール、ストリートなどを紹介するタウン誌で、他社の同様の雑誌とさほど変わり映《ば》えしないモノに過ぎなかった。

そのヴィレ・ラモードが、急速に発行部数を伸ばしたのは、編集長に就任した土方の手腕だ。

（土方さんって、興行主とかプロデューサーとかの方が向いているからな……）

プロデュース力と言えば聞こえがよいが、早い話、土方にはペテン師のような才能があるのだ。

（昔から際どいことをやっているのは知っていたけど……）

かつての古巣でもあるこの会社は、いわゆる業界の中堅どころの出版社だった。

正直、三流大出身の自分は、何かの間違いで採用されたものと思っている。

そのせいなのか配属された先は、グラビアアイドル雑誌やエロネタ中心の週刊誌、エロDVDの紹介雑誌などアダルト関連の出版物ばかりに携わってきた。

会社では、文芸やコミックス、果ては学術書に至るまで多岐《たき》にわたる出版物や雑誌を発行していたが、圭一にはそれらの王道の編集部とは縁《えん》がなかった。

出版不況が叫ばれて久しい業界において、むしろアダルト系の出版物は一定の売り上げが見込める。稼ぎ頭とまでは言わないまでも、間違いなく会社を支える業績を上げる部門だ。

にもかかわらず、社内におけるその地位は低く、あまつさえ編集部員を蔑《さげす》むような風潮さえあった。それに嫌気が差して圭一は、フリーライターに転身したのだが、正直、世間の風は冷たく、風俗ライターの仕事でさえ事欠く始末なのだ。

けれど、今さらスクープを追うノウハウもなく、途方に暮れかけていたところに土方からの連絡を受けた。

「けれど、どうして俺なんかに仕事を？　自分で言うのもなんですが、俺以上の経験や文章力のあるライターを土方さんなら沢山知っているでしょう」

駆け出しの頃、側でその仕事振りを見てきた圭一だから、土方の人脈の広さもよく知っている。だからこそ、自分に声が掛かったことが驚きだ。

実力のない相手に仕事を振るほど土方は甘くないと記憶している。

「あら圭ちゃんは、文章は三流だけど、おんなを見る目だけは超一流よ。私はあんたを買っているのよぉ」

相変わらず恰幅《かっぷく》のいい体で、甲高《かんだか》い声をあげる土方。圭一はすっかり慣れっ子になっているが、初対面の人は大抵その声を耳にすると驚く。

その顔も〝土方〟というより、かつて一世を風靡《ふうび》したギャグマンガのキャラクターを彷彿《ほうふつ》とさせるもので、おおよそこの人物が敏腕の編集長と想像する人は少ないだろう。

しかも所相手を選ばず、おかま口調を通すのだから変人であることには相違ない。

「おんなを見る眼って、なんでそんな目がタウン誌に必要なんですか？」

「だって、圭ちゃんには、〝気になる淑女〟を担当してもらうのよ。一応、こっちで書類審査はするけれど、そこから先、掲載するかしないかは任せちゃうからね」

他でもない土方が、ヴィレ・ラモードの売り上げを一気に伸ばした誌面改革の目玉の一つが、この〝気になる淑女〟の企画だった。

街やストリート、商店街の看板娘やマダムを取り上げ、その彼女たちの視点からその地域を紹介する企画だ。それも単なる数ページの記事では終わらず、最低でも八人ほどの女性を掲載し、グラビアと連動させた上で、前月号で紹介した〝淑女〟たちの中から読者の投票でベスト淑女（ディーバ）を選ぶ企画でもある。

（危なっかしい企画だけど、土方さんだから当てられたのだろうな……）

正直、ミスコンもどきのような使い古された企画で、いまどき売り上げが伸びるとは思えないが、なにせ土方の仕掛けが上手《うま》かった。

昨今の風潮では、女性の地位向上がうるさく叫ばれて、性を売り物にするような企画では、クレームの雨あられとなる。

けれど、やはりそこは土方の斜め上を行く発想で、見事に乗り切ってしまった。すなわち、〝気になる淑女〟の男性バージョンの〝胸騒ぎの伊達男《だて》〟なる企画も同時に立ち上げたのだ。

土方の目論見《もくろみ》通り、まず〝伊達男〟から火が着いた。元々の読者が女性中心だったからだ。その話題性のお陰ですぐに〝淑女〟にも注目が集まった。

（やはり土方さんは侮《あなど》れないよなあ。〝美・食・艶〟の三本柱か……！）

昔からの土方の口癖《くちぐせ》がそれだった。

「月刊雑誌が生き残るには、〝美・食・艶〟の三大欲望をくすぐるしかないわよ！」

土方の言う〝美〟は、衣服を含《ふく》めたファッションであり、〝食〟は文字通りのグルメ、そして〝艶〟とは性的なアピールであり、エロスであった。

「所詮《しょせん》、月刊誌は、情報の鮮度では落ちるのよ。週刊誌はおろか日刊でさえネットには勝てないのだもの。だったら、人間の欲望に訴えるしかないじゃない。しかも、読者自らが選択したり造り上げたりすることでリアルを産むのよ」

その持論そのままに、土方はヴィレ・ラモードを劇場に仕立て上げ、情報を競わせる手法を取ったのだ。

中でも一番判り易くかつ選び易いのが、〝淑女〟であり〝伊達男〟だった。

圭一が任された仕事は、その紹介する淑女たちの選定と記事を書くこと。

書類選考は編集部で済ませるが、その候補の中から実際に掲載する〝淑女〟を選び、その彼女たちの目を通して街を取材するのだ。

「もちろん、圭ちゃん一人で八人も十人も選考した上で、取材までこなせなんて言わないから安心してちょうだい」

圭一のような外注のライターが他にも数人いるらしい。

土方らしいのは、どのライターがＮｏ．１を見つけてくるかまで競わせる仕組みになっていることだ。

「にしても、どうして個別面談で選考する方式を取るのですか？　オーディション形式の方が効率もいいし、盛り上がるんじゃないですか？」

圭一のそんな質問に、土方はニヤリとしながら鋭い視線を投げ返した。

「オーディションなんてそれこそリアルじゃないわよ。ショーに成り下がっちゃう。いい？　個別に発掘してこそ原石が見つかるものなの。スクープと一緒よ。丁寧に足で稼ぎなさい！」

土方の剣幕に、圭一は頭を掻《か》きながら話題を振った。

「それは判りました。でも、どうして、社員が選考しないのですか？　記事を書くのはライターの仕事ですが、発掘とか選考とかまで外注するのは如何《いかが》なものかと」

「まあね。圭ちゃんだから本音を話すけど、諸々《もろもろ》の事情で社内の人間を使いたくないのよね。むしろ、社員の方が責任を負えなくなりそうじゃない？　特にモラルの面でねえ。だから、この企画は外注にしたの」

「モラルですか？」

「そうよ。圭ちゃんの前任者もモラル的な問題を起こしちゃって……。それで新しい人を探していたら、圭ちゃんの顔を思い出してね」

モラル的な問題との言葉に引っ掛かりを感じはしたものの、提示された報酬がべらぼうに破格であったため圭一は引き受けざるを得なかった。背に腹は代えられないのだ。

「モラルの方は、圭ちゃんなら心配していないけど、過労で飛んじゃったライターも少なくないから気を付けてね」

いくら看板企画とは言え、月刊誌の一コーナーで、それも複数のライターがいるにもかかわらず過労とは解せない。

「掲載するディーバちゃんを決めたら、すぐこっちに連絡してちょうだい。最低でも三人以上はノルマよ。もちろんグラビア撮影は編集部の方でやるから」

段取りや流れを聞けば聞くほど、それほど大変な仕事でもないように思われる。とはいえ、受けたからには早速取り掛からなくてはならない。

その翌日から圭一は、来月号の特集されるエリアに足を運んだ。

編集部に寄せられた応募書類ばかりに頼らず、企画の上がったエリア周辺を探索して歩き、お眼鏡にかなう淑女を探すのもありということだった。

むろん、事前に編集部側からもピックアップされた情報やリストを当てにした方が確実に仕事は早い。それでも、まずは現場に足を運び、そのエリアの空気を自ら感じることが肝心と圭一は思ったのだ。

そして最初にこの人と圭一が見染めた相手が加賀千鶴《かがちづる》だった。

2

「はじめまして。加賀千鶴です」

「ヴィレ・ラモード編集部から気になる淑女の取材を依頼されているフリーライターの大野圭一です。よろしくお願いします」

圭一は真新しい名刺を差し出しながら、軽く腰を折り曲げ頭を下げた。

「はじめまして……」

強張《こわば》る表情で、名刺を受け取る千鶴の緊張が、圭一にも伝わった。

(そうだよな。美鈴さんみたいに肝《きも》の据わった女性は、そうはいないか……)

面談をはじめるやいなや、いきなり圭一の股間に取りついた美鈴は、やはり例外中の例外だろう。

無論、そんな美味《おい》しい話ばかりが続くはずがないことは、圭一だって承知している。

むしろ、千鶴のこの反応こそがノーマルなものなのだ。

それでも危うく彼女の緊張がこちらにまで伝染しそうになる。圭一がこの仕事を受けて間もないこともあるだろう。

何となく新卒で入社したばかりの頃のことを思い出した。

けれど、それよりももっと圭一を落ち着かない気持ちにさせている根源は、この千鶴の美女オーラに違いない。

(俺史上、最強の美人かも……！)

大げさでもなんでもなく、かつて圭一が目《ま》の当たりにしたどの女性よりも間違いなく美しいと思える女性がそこに佇《たたず》んでいる。

(予想より、よほど若くて美しい!!)

その美貌を見つめたままあんぐりと口を開けてしまうほどだった。

事前に渡された資料では三十八歳とあったが、とてもアラフォーなどに見えない。

薄めのナチュラルメイクでも十分に映える女性らしい嫋《たお》やかな顔立ち。まっすぐな鼻筋に、大きな眼とそれを縁取《ふちど》るくっきりとした二重瞼《ふたえまぶた》。潤って輝く唇はふっくらとしていて血色がいい。

腰ほどもある長い黒髪は瑞々しく艶を保っている。

その品のいいおんな振りは、シティホテルのロビーでもひと際目立つほど。

肩が上品に透けた白いブラウスにネイビーのパンツ、白いトレンチコートというシックなコーディネートながら、センスのよさが際立《きわだ》っている。

女性としては高めな身長な上にヒールの高いパンプスを履いているため、目線の高さは圭一と変わらない。しかも、よほど腰高なのだろう。腰位置は圭一よりも確実に高い。

（ファッション雑誌の表紙でも務まるかも……。まるでモデルじゃないか！）

正しく、絵に描いたような美女が目の前に佇んでいる。

これほどの美貌であれば、下手をするとどこか冷たいと感じさせるものだが、やわらかい微笑が人懐っこくもしなやかな印象を持たせてくれる。

恐らくは、その美を過度に誇ることも、逆に過小評価するところもないから、自然体でいられるのだろう。

凛《りん》としていて涼やかで、淑《しと》やかさも感じさせる女性なのだ。

「ああ、失礼しました……。じゃあ、どうしようかな。向こうの喫茶コーナーで、少しお話をしましょうか」

我を忘れまじまじと見入ってしまった自分を取り繕《つくろ》うように、圭一は場所を移すことを提案した。

はにかむような表情がこくりと頷くと、圭一の背中を追ってくる。それも隣を歩くのではなく、控えめな大和なでしこよろしく一歩後ろを歩くのだ。

いまどきこんな女性がいるなど驚きだ。天然記念物でも見るような新鮮ささえ感じてしまう。もしや、〝淑女〟の座を得るためにキャラを演じているのかとも疑った。

「ここにしましょう……。どうぞ」

適当に空いている席に移動した圭一は、紳士然とした振る舞いで彼女が座る椅子を引いた。

千鶴がどんな所作を見せるか見極めたかったのだ。

「ありがとうございます」

未だ緊張感は滲ませているものの極めて自然に椅子に腰を降ろす千鶴。その物腰は、エスコートされることに慣れた正真正銘の淑女のそれだ。

（どうやら本物らしい……）

自らの勘繰りをあっさり捨て去り、圭一も千鶴と対面する席に腰を降ろした。

駆けつけたウエイターにコーヒーを注文すると、あらためて美熟妻《びじゅくづま》に見入った。

否《いな》、魅入られたと言うべきか。

（華奢なくらい細身《ほそみ》なのに、胸だけデカい……）

まるで思春期の少年のような感想を抱いてしまうほど、ブラウスの胸元の生地がたわわに引き伸ばされて張り詰めている。

少なくとも圭一の周りに、これほどのサイズを誇る女性はいない。

「不躾《ぶしつけ》な物言いや視線はどうかお許しください。一応、これも審査ですから……」

正直、それを口実にしなければならないほど彼女から目を離せない。

(確か十二歳になる娘がいるって書いてなかったか？)

資料にあったその記述を疑うほど、そんな年の娘がいるようには見えない。

「判っています。気になさらないでください……」

やわらかなアルトの声が耳に心地よく響く。恥じらうような表情を浮かべつつも、まじまじと見入る圭一の視線を受け止める彼女。その凛とした清々《すがすが》しい居ずまいさえ好もしい。

「えーと。加賀さんは、お勤めでしたよね？」

唯々見つめていたい欲求をムリに抑《おさ》え、質問を口にする。

資料には、某有名企業の名が記されていた。

「はい。営業部で中間管理職をしています」

なるほど大手企業に勤めるキャリアウーマンであるからこそ培《つちか》われた品格が、彼女の美女オーラにはプラスされているらしい。

「もしディーバとして雑誌に掲載されることになっても、お勤めの会社などに問題はありませんか？」

問題はないからここに来ているのだろうとは思うものの、一応それを確かめないわけにはいかない。

「はい。上司にも相談してありますので問題はありません」

なるほど仕事のできる人であるらしく、そつがない。

「では、今回の応募の動機をお聞かせください」

「はい。実は、今回の応募は、私自身がした訳ではなく、知らぬうちに娘が勝手に」

三十八歳ともなると彼女にモデルや女優に転身したいといった願望はないらしい。それればかりか雑誌社のこんな企画に自分が選考されること自体快く思っていない節がある。「娘が勝手に」という言葉に、その想いが現れていた。

恐らくは、圭一の視線にも内心、憤懣《ふんまん》を抱いているのだろう。

そんな彼女が、事前に会社に話を通してまで、なぜ面談に応じたのか不思議に思われた。

「ご本人の知らぬ間にお嬢さんがですか。でも、だったらどうしてここへ？」

「娘にどうして勝手に応募したのか聞いてみたのです。そうしたら『ママが美人だってお墨付きを得たいの。そうしたらママに似てるって言われる私も美人だって認められたってことでしょう？』と答えが返ってきたのです……」

慈愛の籠《こも》った表情で娘の返答を聞かせてくれる千鶴に、圭一は思わず微笑んだ。

良好な母娘の関係が垣間見えた気がしたのだ。

「仕事で毎日忙しくしているものですから、その分、娘には寂《さみ》しい思いをさせてきました。だからこそ、その望みを叶《かな》えてやりたくて、やむを得ずここへ」

千鶴の動機に圭一は大いに納得させられた。

だからこそ千鶴は、圭一に対し媚《こ》びることもなく、凛としていられるのだ。その気高くも聖母のような美しさこそが彼女の魅力であり、圭一を魅了する源《みなもと》でもあるのだろう。

実は、はなから圭一は千鶴をディーバのひとりとして選出すると決めていた。いくつかの質問は、形式的に体裁を整えるためのものだ。

もっと言えば、圭一の個人的な興味をぶつけていたのだ。

（まあいいじゃん。文句なしなのだから。こんなにふさわしい人、他にいないよ！）

いささか己の主観や、好みに偏《かたよ》り過ぎていると思わぬでもないが、それこそ土方は圭一のおんなを見る目を買ってくれたのだからと自らを擁護した。

3

「あの、私どもに何か落ち度でも……。それとも赤城《あかぎ》さんが心変わりをするような何かがあったのでしょうか？」

挨拶もそこそこに圭一は、赤城沙耶《さや》の真意を探る質問をした。

フラワーショップを経営する沙耶をディーバのひとりに選定したのは、先週のこと。その沙耶から今日になって突然、「ディーバを辞退したい」と電話がきたのだ。

「とにかく、電話だけでは何とも……。できれば、お会いしたいのですが」

そう言って急遽《きゆうきよ》アポを取りつけ、沙耶の店に押し掛けた。

店が終わって間もない彼女は、まだジーンズ地のエプロンを身に着けている。

飾らないラフな服装が、むしろ彼女の美しさを引き立てているようだ。

沙耶は際立った美人というよりも隣のお姉さんタイプで、一見どこにでもいそうな女性にも見える。けれど、実際には、彼女ほどのレベルの美女に、そう出会えるものではない。親しみやすく、やわらかな人当たりが、そう錯覚させるだけなのだ。

野に咲く花のような沙耶の魅力に、圭一は彼女を二人目のディーバに推《お》した自分の審美眼に間違いはないと改めて確認した。

とは言え、実は、ここを訪れたのは、沙耶の辞退を翻意させるためではない。単純に、彼女の辞退の理由に興味を持ったからだ。

正直、すでに彼女の取材を済ませ、沙耶の目を通して街を紹介する記事も書きはじめていただけに、ここで断られるのは痛い。編集部に対しても沙耶を推した手前、どう話を通すか頭の痛いところだ。けれど、そんな内輪の内情はどうでもよかった。

いざとなれば土方に頭を下げれば済む話だ。幸か不幸か、グラビア撮影の方はまだ済んでいないのだ。無責任と取られるかもしれないが、このくらいの痛手なら、すぐに穴埋めもできる。

「本当にすみません。悪いのは全て私の方で、大野さんには何も……。ご迷惑をおかけして恐縮ですが、すっかり自信をなくしてしまって」

その言葉通り恐縮しきりで、頭を下げる沙耶。確かに、持ち前の明るさが消えかけているような気がして少し心配になった。

「自信ですか？　あの、もしよかったら、もう少し詳しい話をお聞かせ願えませんか？　自信を失うにもそれなりの何かがあったのではと思うのですが」

沙耶には美人特有の気取りがなく、癒し系の雰囲気がある。それが彼女を隣のお姉さんのように感じさせるのだろう。それは見かけだけではなく、その内面も、明るくサバサバした気性で接しやすい。

けれど、いまの沙耶はどこか萎《しお》れた花のようで、寂しささえ感じられた。

「あの……。大野さんには、私がどうして気になる淑女に応募したのかお話ししましたよね。覚えていますか？」

むろん、覚えている。少し恥ずかしそうな表情を浮かべながらも、おんなとしての自信をもう一度取り戻したいのだと明かしてくれていた。

沙耶もまた人妻であり、結婚して八年になるらしい。

恋人の時期も含めるとかれこれ十年。いわゆる倦怠期《けんたいき》に入っているのか、夫からおんなとして見られることがないそうだ。

「お陰で私、すっかりおんなとしての自信を失って……。でも、まだ三十一歳なのだし、おんなであることを諦めたくはなくて。花のように咲いていたいと思うのは、いけないことでしょうか？」

明け透けで物おじしない彼女が、内面にそんな鬱屈を抱えていたことに正直、圭一は驚かされた。

「美しく咲き続けたいと願うのは、女性として自然なことと思いますよ」

人妻の問いかけに圭一は、頭に浮かんだままの言葉を返した。

瞬間、彼女の表情がパッと明るくなったことも鮮明に覚えている。

「ディーバに選ばれて、おんなの矜持を取り戻したい……。でしたよね？」

小さく頷いた彼女は、思いつめた表情で、まっすぐにこちらを見つめている。

「大野さんから決めたと仰《おつしや》っていただいた時は、本当に嬉しかったのです。取材中にも、少しずつおんなの誇りも取り戻せた気がして……。けれど、違っていました」

「違っていたって何がです？　俺は実際に沙耶さんの輝きが増していくのを感じていましたよ」

嘘でもお世辞でもなんでもない。取材を進めるうちに彼女が、さらに美しさに磨《みが》きがかかっていくのを目の当たりにしていたのだ。

「けれど、主人は相変わらずで……。ディーバに選考されたと話しても興味の一つも示しませんでした」

「いや、それは、もしかするとご主人はうちの雑誌を知らなかっただけかもしれませんよ」

「いいえ。主人はヴィレ・ラモードの雑誌も、気になる淑女のことも知っていました。

なのに、まるで無視をするように……。お前にディーバなどムリなのだから恥をかく前に辞めておけと思っているのです」

なるほど、その夫のせいですっかり沙耶は自信を失い、グラビア撮影をしてもらう価値など自分にはないように思えたのだ。

「主人にさえ顧《かえり》みてもらえなくなった私では、他のディーバに敵《かな》うはずがありません。そう思うとプロのカメラマンに撮られるのも怖くなって……。だから恥をかく前に、辞退すると決めたのです。」

明かりが消えたように萎《しお》れている人妻を目の当たりにして、圭一は無性に腹が立ってきた。むろん、沙耶にではない。その無神経な夫にだ。

かりそめにも愛し合い夫婦となったはずなのに、そこまで妻に鉄面皮でいるのはどういう了見か。そんな男に夫としての資格などない。

(男だったら自分が愛するおんなを守ってなんぼだろう。傷つけてどうする！)

独身の圭一に夫婦の何が判ると言われても返す言葉はない。けれど、青いと言われようと若さと取られようと、腹立たしくて仕方がないのだ。

「そんなことはありません。沙耶さんをディーバとして選考したのは俺です。だから、その魅力は十分以上にあると断言します。本気で沙耶さんに惹かれたからこそ、あなたを選んだのです。だから自信を持ってください！」

どちらかと言えばシャイで口下手を自認する圭一であったが、心に浮かぶままの素直な気持ちであればスラスラと口を吐く。

少しでも沙耶に自信を持たせることができるならとの想いもあった。

「無理強《じ》いはしませんが、もしカメラの前に立つのが怖いなら俺と練習しませんか……。仕事柄、俺も写真が好きで、ほら、こうしていつもカメラも持ち歩いています。正直、沙耶さんを撮ってみたいですし、それで自信が蘇《よみがえ》れば！」

圭一はまくしたてるように人妻を説得し、カメラを彼女に向けた。

カメラ好きなのは事実であり、沙耶を撮りたい想いも本心だ。

「大野さんが私を？　本当に私なんかで被写体《ひしゃたい》になるのでしょうか？　でも、大野さんが撮ってくださるなら、ちょっとうれしいかも……。あの、これからですか？」

「ええ。俺はすぐにでも……。あっ、でも、こんな時間に迷惑でしょうか？　お店での撮影もまずいかなあ」

時計を見ると既に八時を過ぎている。決して遅すぎる時間ではないだろうが、人妻とふたりで過ごす時間としてはどうだろう。

「お店のことは気にしなくても……。お花も写真に撮られるのは嬉しいはずですから。

それに、今夜も主人は外で飲んで、遅くまで家には帰らないでしょうし。だから、私は今からでも構いません」

心なしか沙耶の美貌が紅潮している。その色っぽさに心躍らせながら、圭一は首を縦に振った。

4

「じゃあ。どうしようかな。まずは、そのショーケースの前に立ってもらえますか？ポーズは適当に」

オープンな店のウインドウにはシルクスクリーンが降ろされている。多少、光は漏れるだろうが、覗かれる心配はない。

冷蔵機能の付いた花を陳列するショーケースの前に美妻を立たせると、すかさず圭一はカメラを構えた。

デジタル一眼レフとまではいかないまでも、高画質のミラーレスデジタルカメラを圭一はいつも携えている。写真を撮っておくことで記事を書く上で、その情景を再び目の当たりにできるメリットがあるのだ。

とは言え、実際の取材では、相手の話に集中する必要があり、手ではメモを取るため、ほとんど写真は撮れない。

ボイスレコーダーも活用するが、結局はアナログな取材ノートが圭一には一番しっくりくる。だから、このカメラが仕事の役に立つのは、今回がはじめてだった。

もっとも、圭一が沙耶を被写体にしたいのは、ほとんど自らの趣味・嗜好《しこう》である自覚があった。

「ああ、やっぱり思った通りだ。レンズを通して見る赤城さんは、すごく素敵ですよ。写真映えすると言うか、絵になると言うか……。飾らないエプロン姿なのに、すっごく綺麗です！」

青白いショーケースの灯《あか》りと店の照明が、美人妻を浮き上がらせている。

幾分戸惑うような表情を見せていた沙耶が、色白の頬を柔和に緩ませた。

まだはにかむような微笑ではあったが、途端に世界がパッと華やいだ。

「ああ、ようやく笑ってくれましたね。やっぱり沙耶さんには、笑顔が似合います」

まだ緊張気味の沙耶の気持ちを解きほぐすつもりで、何気に彼女を名前で呼んだ。

「うふふ。大野さん、とってもお口がお上手」

狙い通り、さらに美貌を和らげてクスクスと笑い出す美妻。それをシャッターチャンスとばかりに、圭一はカメラに写し取っていく。

(思っていた以上に沙耶さんって、スタイルがいいんだ……)

すらりとした痩身《そうしん》に、剝《む》き卵のようにつるりとした小顔が、チョンと乗せられた八頭身の彼女。モデル体型の女体は、しっとりと成熟していながらも、それでもまだ美熟女と呼ぶには早いように思える。強いて言うなら微熟女といったところか。

(ああ、だからエプロン姿が、こんなに映《ば》えるんだ！)

僅かに離れ気味の双眸《そうぼう》や鼻筋がどこまでも甘い印象を与え、頰のおだやかな稜線とふっくらとやわらかそうな唇が、さらにやさしい顔立ちを際立たせている。

花屋の主人というよりも花の妖精のようなフェミニンな彼女には、いかにも清楚な姿がお似合いなのだ。

「ほら、本当に綺麗です。こんなに輝いている」

デジカメのディスプレイに撮影した姿を映し出し、沙耶自身にも確認させた。

「ね。この笑顔なんて、ものすごく魅力的でしょう？」

しかも、スタイル抜群の彼女だからどんな格好をしても似合いそうで、圭一は内心にコスプレをさせて見たいとさえ思った。

(沙耶さんのバニーガール姿とかエロ可愛いだろうな。戦隊ヒロインのコスチュームとかも似合うかも……）

元々圭一は、コスチュームフェチなところがあるだけに、沙耶のような均整の取れた体つきの女性がミニ丈《たけ》のスカートやぴっちりとしたコスチュームを身に着ける姿を想像しただけで、うっとりとしてしまうのだ。

（そうだ。お花を抱えてもらうのもいい画《え》になるかも！）

思いついた圭一は、思い切って沙耶にそれを提案した。

「売り物ですから、もちろんお花の代金は払います。ただ、あまり持ち合わせもないので、つけにしておいていただけると助かるのですが……」

そう美妻にお願いしながら、彼女に似合いそうな花を見繕《みつくろ》っては、その腕に抱えさせていく。

「あれ、この薔薇《ばら》？」

手にしたその花が薔薇であるとは、知識の乏しい圭一にも判った。けれど、その薔薇の茎には棘《とげ》がないのだ。

「ええ。その薔薇はレジスマルコンという名で、棘が少ない品種なのです」

「へえ。棘のない薔薇かあ。なんだか沙耶さんのイメージにぴったりですね。明るさと深みを併せ持った大人の雰囲気な上に、相手を威嚇《いかく》する棘がないなんて」

素直に思ったままを口にした。美妻の醸《かも》し出す空気感があまりに気安く、深く考えずに口走らせたのだ。

けれど、沙耶の美貌がまるで茹《ゆ》で上げられたかのように真っ赤に上気したことに気づき、圭一もボッと頬を赤らめた。

耳まで熱くしていることが、我ながらまるで思春期の青臭いガキのように思えて余計に恥ずかしい。

「あっ、あの……。すみません。考えもなく口にして。悪く取らないでください。それだけ俺には沙耶さんが魅力的に映っているってことですから……。いや、だからつまり、この薔薇のように美しいと」

言葉にするたび、どんどんドツボに嵌《は》まっていく。微熟女があまりにも恥じらっているから、余計に圭一もおかしくなってしまうのだ。

「あの……。て、照れすぎですよね。男性から美しいと褒められるのは、久しぶりで慣れていなくて……。でも、それが本当なら素直にうれしいです。私、この薔薇が大好きなので」

「ほ、本当ですとも。沙耶さんは、その薔薇のように美しいです！」

言いながら花束を抱えた沙耶の姿を再びカメラに収めていく。

「あの。できればそのエプロンを外してもらえますか？　もちろんエプロン姿もいいのですが、外した方がより画になると思うので」

フラワーショップの主人である沙耶を撮りたいわけではない。素《す》のままの彼女を撮りたいのだ。

圭一のリクエストに小さく頷いてくれた沙耶。抱えていた花束を作業台に置いたかと思うと、しなやかな腕を自らの腰のあたりに回し、その結び目をシュルリと解くと、その首紐も外してくれた。

たとえそれがエプロンでも、身に着けているものを脱いでいく沙耶の姿に、心臓がドキドキした。

（ああ、思っていたより肉感的かも……）

ジーンズ地のエプロンがなくなっただけで、こうも印象が変わるものなのだろうか。白いシャツとジーンズのみの姿になった美妻は、途端に清楚な色香を漂わせはじめる。

飾り気のないシャツの胸元をふっくらとした丸みがやさしく持ち上げている。均整の取れた美しい丸みを帯びている。見た目にDカップ以上はありそうなふくらみなのだ。むっちりとした腰つきや太もものフォルムもスキニーなジーンズでは隠しきれない。

ムダに肉がついた印象はないが、適度な熟れを感じさせ、女性らしい丸みが際立っている。

「沙耶さんって想像以上にスタイル抜群なのですね。こんなに魅力的なカラダを花束で隠すのはもったいない！　さっきの薔薇を一輪だけ手に。ああ、いい感じ……。そのまま足を交差させてみてください。そう！」

興奮気味に圭一が褒めまくる。それに気をよくしてか、徐々に沙耶も自信を取り戻したようにポーズを決めていく。

その美しさをそのままカメラに焼き付けようと、懸命にシャッターを切った。

「じゃあ、今度は、こうして薔薇を胸元に掲げて……。祈るようなポーズで……」

圭一の注文に、美人妻が少し頬を赤らめながらもうんと頷く。

紅い薔薇がふっくらとした胸元を飾るのをきっかけに、乙女の祈りさながらの清楚な姿を収めた。

(女性を撮影するのってこんなに愉《たの》しいんだ！)

それもこれも沙耶の眩いまでの美しさと隠し切れなくなった色香が滲みだしてこそ。

しかも圭一がシャッターを切るたび、沙耶はその美しさを増幅させ、さらにはその色香もとめどなく溢れさせていくのだ。

ただでさえ透明感のある女性ゆえに、正しく〝隣の綺麗なお姉さん〟との形容がぴったりなまでに輝いている。

「すごい、すごい！　沙耶さん、どんどん綺麗になっていく。すごく色っぽいです！その視線とか、揺れる胸元とかからは、エロさが溢れて、ヤバ過ぎです！」

圭一は、沙耶の美女オーラとフェロモンまで写真に収めようと必死にシャッターを切った。同時に、押し寄せる興奮に分身を屹立《きつりつ》させ、切ないまでに疼かせている。

時折、シャッターから右手を離し、強張る肉塊を揉んでしまう始末だ。

「ああん。エロさだなんてそんな……。ただでさえ気恥ずかしいのに……。でも大野さんに写真を撮られていると何だか自信が湧いてきます。きっと大野さんが私をおんなとして見ているからですね……」

思いつく限り、ボキャブラリーの引き出しを総ざらいに、褒め言葉を並べながら写真を撮る圭一。美妻の方は、褒められれば褒められるほど、大胆さまで発露《はつろ》させ、カメラの前でポーズを決める。

沙耶が身動きするたび、ふんわりと甘い匂いが圭一の鼻孔をくすぐった。彼女が好んで使う香水なのだろうか、はたまた花に囲まれているうちに沁みついたものなのか仄《ほの》かなローズの香りを思わせる。そこに美妻の皮下から滲みだしたフェロモン臭が相まって、圭一を一層たまらない気持ちにさせるのだ。

「あの、大野さん……。は、恥ずかしいけど、もしよければ私の裸も撮ってくれますか？　せっかくの機会だから、おんなとしての魅力がまだあるうちに……」

いかにも恥ずかしそうに、それでいてしっかりと決意漲《みなぎ》る口調で沙耶が言った。

「は、裸って。えーっ！　い、いいのですか？　そこまでムリをしなくても……」

もちろん、沙耶の裸身を拝める上に、その姿を撮らせてもらえるのだから圭一に異存はない。

しかし、すでに美妻はおんなとしての自信を取り戻せたかのように見える。であれば、これ以上、圭一が写真を撮る意味はない。まして、人妻としての慎みを捨ててまでヌード写真を撮らせるなど、彼女に何のプラスがあると言うのか。

既に、沙耶はディーバとして選ばれたのだから、自ら肌を晒したり歓心を買う真似をしたりする必要などないのだ。

「沙耶さんのヌードを撮らせてもらえるなら俺は何でもします。それほど沙耶さんの魅力に嵌まっています。けれど、それが沙耶さんのメリットになるのかどうか」

ここはやせ我慢をしてでも沙耶を慮《おもんぱか》るのが大人の男というものだ。少なくとも圭一はそう信じている。

「そんな大野さんだからです。そのやさしさや思いやりがあれば、私をより魅力的に写してくれそうだから……。だから、お願いします。私の裸を撮ってください」

思いつめたような表情を浮かべ、沙耶がシャツのボタンを外しはじめる。

こんな大胆な行動に出るのも、それだけ深い傷を微熟女が抱えているからなのかもしれない。明るくて、さばさばした性格に思えた美妻の痛みを垣間見たようで、圭一も心を痛めた。

5

「大野さん。いいえ、圭一さん。どうですか？　私の裸、綺麗ですか？」

白いシャツのボタンをすべて外し終えると、沙耶はジーンズの前ボタンを外し、ファスナーも引き下げた。

そこで少しだけ躊躇《ためら》う様子を見せてから、すぐに気を取り直したかのようにジーンズを腰高の下半身から脱ぎ捨てた。しかも、黒いパンストまで彼女はあっさりと脱いでしまうのだ。

「あぁ……。圭一さん、こんな淫らな沙耶を軽蔑《けいべつ》しないでくださいね……」

声を震わせ、心底、恥じらう沙耶。けれど、彼女が恥じらえば恥じらうほど、圭一の男心は煽《あお》られ、さらに勃起を硬くさせる。

「安心してください沙耶さん。どんなに淫らでも、沙耶さんを軽蔑したりしません。もう俺はすっかり沙耶さんの虜《とりこ》です」

ごくりと生唾を呑み、目を血走らせる圭一。その言葉に安堵するような表情を浮かべながら美妻はシャツの前を大きく開き、薄い肩からその布を滑り落とした。

瞬間、圭一は言葉を失った。

眩《まばゆ》い純白の下着だけが残されたすべやかな肉体が惜しげもなく晒されたのだ。

艶めいた首筋からデコルテラインを完全に露出させ、バストもようやく半分を覆われる程度。それも、きわどく繊細な刺繍《ししゅう》で隠すばかりで、ふくらみの大半を透けさせている。

下半身を覆う下着も、当然のように純白のレース素材でこんもりとした美妻の恥丘の盛り上がりがそれと判る。

目を凝《こ》らせば、その船底が透け、沙耶の女淫が覗けそうと思えたからだ。

「……！」

極めて清楚でありながら、どこまでもエロティック。恐らく、彼女が身に着けている下着は、普段使いのものでもあるはずなのだ。にもかかわらず、まるで勝負下着のように繊細で瀟洒《しょうしゃ》な薄布は、それだけ彼女がお洒落であり、美意識が高い証拠でもある。

しかも、見られることを予期していない無防備な下着だからこそ、むしろ生々しいと感じられる。

エロ雑誌の編集をしていながら、これほどまでにそそる下着姿を見たことがない。ただそこに佇むだけで若牡《わかおす》を妖しく誘う姿に、言葉もなく圭一は絶句している。

「あぁ、圭一さん。何とか言ってください……。そんなにまじまじと見られるのは恥ずかしすぎます」

抜群のプロポーションを身悶えさせて恥ずかしがる美妻。圭一はハッとして声を搾《しぼ》りだした。

「き、綺麗です。いいえ。きれいすぎます。可憐で、上品で……。なのに、物凄くエロい……。そうだ、このエロい下着姿も取らなくては！」

「あん。写真はダメです！　この下着は、普段から身に着けている物で本来はお見せするような物ではありません。いまこの下着も脱ぎますから写真はその後に……」

言いながら沙耶は腕を自らの背筋に回し、器用にブラのホックを外した。

途端に白いブラカップが力を失い、ずれ落ちようとする。

美妻の腕が自らの胸元に舞い戻り、落下寸前のカップを受け止めた。刹那《せつな》に、両腕に抱えられた乳肌が悩ましい渓谷を作る。

均整の取れたふくらみは、確実にDカップを超えている。きれいなまん丸のフォルムが美しい。

細い両肩からブラ紐が滑り落ちるのを機に、沙耶はふくらみを抱える腕をゆっくりと開いていくのだ。

「ああっ……」

朱唇から羞恥《しゅうち》の溜息が洩れると同時に、容《かたち》のよい乳房がその全容を露わにした。

清楚な純ピンクの乳暈《にゅううん》と乳首が、わずかに外向きに突き出している。

乳膚は、ほとんど垂れることも流れることもない。ハリと艶に充《み》ち、フルフルと小刻みに揺れている。

「圭一さん。沙耶のおっぱい、どうですか？」

「き、綺麗です。陳腐な褒め言葉ですけど綺麗って言葉しか見当たらないほどきれいです。色艶もよくて、ああ、本当に綺麗だ！」

沙耶の緊張が圭一にも伝播《でんぱ》して、声が喉に張り付きしゃがれてしまう。凄まじい官能美に圧倒され、喉が渇ききっていた。

「ああん。どうしましょう。圭一さんの痛いくらいの視線に反応してしまう。あぁ沙耶の乳首が……」

美妻が頰を赤らめ狼狽《ろうばい》している。それもそのはず触れられてもいないのに、圭一に視姦されているだけなのに、乳首がムクムクと硬く尖っていくのだ。

その恥ずかしさを紛《まぎ》らわせるつもりか、じっとしていられないのか、沙耶は自らの蜂腰に手指を運んだ。

純白の下着のゴム紐に指先をくぐらせて、そのまま薄布をずり降ろしていく。

前屈みになった双乳が、途端に釣り鐘状に形を変えた。

(ああ、やっぱり沙耶さんのおっぱい、やわらかそうだ……！)

露わになった濃い漆黒の陰り。ふっくらとした恥丘をやわらかく覆っている。

繊毛の先に透明な雫《しずく》が輝いているように見えたのも気のせいではないようだ。男の前で全裸を晒す興奮に人妻は濡れさせているのだ。

薄布からカモシカのような美脚を抜き取り、一糸まとわぬ女体をまっすぐに戻した美妻は、居たたまれないといった風情でその美貌を横に逸《そ》らした。

「うっ、あ、あお、あぁ……」

最早、圭一は言葉もなく呻くばかり。ライターとしてあるまじきことだが、凄まじい感動に言葉が浮かばないのだ。

「さ、沙耶さん！」

ようやく口から出たのが、彼女の名前だけとは情けないにもほどがある。けれど、それくらいに沙耶の均整の取れた女体は美しいのだ。

そのスレンダー気味のモデル体型は、それでも三十代のおんな盛りの悩ましい熟脂肪をほどよく載せている。

容《かたち》のよいバストも、恐ろしく括《くび》れた腰部も、そしてぷりんと左右に大きく張り出した臀部《でんぶ》までもが懊悩するほどの官能美を湛《たた》えている。

彼女が着やせするたちであったのは明白で、だからこそおんなを見る目に長《た》けているはずの圭一でも、そのナイスバディの真価を見誤っていた。

(すごいっ！　はちきれそうなくらいに熟れているのに、あんなに華奢で痩身だなんて奇跡だ……！)

相変わらず言葉にできない代わりに圭一は、おもむろにカメラを構え直し、夢中でシャッターを切りはじめた。

ファインダーは圭一の眼となり、その女体を舐めるように視姦していく。

相変わらず恥じらう様子の美人妻だが、その頬の紅潮は羞恥によるものばかりではないように思える。

結婚前には、男たちの熱い視線を散々に浴びてきたはず。その歓びを圭一の焼き尽くすような熱視線が蘇らせ、密かに肌を火照《ほて》らせているに違いないのだ。

その証拠に沙耶は、時折、そのむっちりとした太ももをもじもじと捩らせ、その奥にある淫花を擦らせている。その度に、漆黒の叢《くさむら》が銀の雫を煌めかせる。

恥骨がジンと痺《しび》れ、無数の虫が太ももを這《は》いずり回るような感覚なのだろう。

（ああ、やっぱり沙耶さんは男の味を知る人妻なんだ！　太ももの内側を擦りま×この疼きを慰めている……！　俺に気づかれると判っていても、やめられないほど発情しているんだ！）

あるいは圭一の妄想が膨らみすぎて、勝手な憶測をしているのかもしれない。けれど、美妻がその女体に小さな汗粒を浮かばせているのは事実だ。

花の鮮度を保つため店の温度は低めに設定されている。にもかかわらず彼女が汗を滲ませるのは、発情熱に肌を火照らせているからに相違ない。

「さ、沙耶さん。その作業台の上にお尻を載せて、脚をくつろげてくれますか？」

むろん、美妻に秘苑を露わにさせたいのだ。ダメならダメで、仕方がない。強要するつもりはない。けれど、懇願を聞き入れて欲しいと切実に思っている。

「沙耶のあそこまで撮るつもりなのですね。判りました。けれど、決して他人には見せないでくださいね。圭一さん、約束ですよ」

念を押しながらも沙耶は、従順に圭一の求めに応じてくれた。

ゆっくりと作業台の位置に移動すると腰をずり上げ、ピンと伸ばした美脚を逆V字に寛《くつろ》げてくれるのだ。

「ああ、沙耶さん！」

呻くように呟きながら圭一は、沙耶の秘苑に魅入られた。

人妻らしからぬ新鮮な女陰が、ひっそりと息を潜めて佇んでいるのだ。

「おおっ！　さ、沙耶さん、おま×こまで美人なのですね。品がよくて、清楚そのものって感じです！」

脚の付け根を真っ直ぐにスッと割る縦渠《たてみぞ》。楚々とした肉花びらが飾る膣口は慎ましやかに閉じられ、頑《かたく》なに奥までは覗かせてくれない。それでも両サイドのふっくらした肉の盛り上がりがおんなとして十二分に熟れていることを物語っている。

驚くほど新鮮な肉色に、本当にこの人は人妻なのだろうかと疑いを抱いたほどだ。

その新鮮さを余すところなくカメラに収めようと、圭一はレンズをズームさせた。

「ああ、いやです。そんなところアップにしないでください！」

その機械音に気づいた微熟女は、慌てて太ももを閉じてしまう。

「他人に見せなければ撮らせてくれると言ったではありませんか。ほら、大きく股を開いて……。おま×このどアップを撮らせてください！」

「あぁん。どアップだなんてそんな……」

羞恥の声を漏らしながらも沙耶は美脚を持ち上げると、作業台に踵《かかと》を載せ、おずおずと太ももをM字に開いてくれる。

徐々にくつろげられる股間の奥で、美妻の秘花が露わとなった。

「す、すごいっ！　花が、薔薇が咲くようですっ」

しかも淫花は、しっぽりと蜜に濡れるように愛液を滴《したた》らせている。

自らの行いを淫らと自覚して恥じらい、さらに濡れさせてしまうのだから、おんなとは業《ごう》が深い。

「深紅の薔薇とはいかないまでも、ピンクの花びらが清楚です。ほとんど使われていないようにも見えますね！」

エロ雑誌の編集者をしていたこともあり、女優やモデル、素人《しろうと》の修正前の局部のデータがいつも手元にはあった。

一応、流出や盗難などに合わぬよう管理されているものの、締め切り前ともなると画像がそのままパソコンに残されていたりしたものだ。

つまり一般の男性よりも圭一は見慣れていると言っていい。にもかかわらず、沙耶の女陰にたまらない魅力を感じている。楚々とした美しさに溢れていると。しかも、圭一の分身が痛いほどに疼いてしまう扇情的な女性器なのだ。

（畜生、見ているだけで射精してしまいそうだ！）

圭一は、そのやるせない衝動に突き動かされシャッターを切った。

恥じ入るように逸らされた美貌や、羞恥に小刻みに揺れる乳首も余さずフォーカスしてから、今度は目いっぱいズームさせて美妻の局部を写し取る。

その内部構造まですべて活写する意気込みで、どんどんレンズを近づけた。

「すごい！　すごい！　すごい！　おま×こがヒクついているところまで撮れましたよ！」

「ああ、圭一さん。言わないでください。恥ずかし過ぎます。なのに私、淫らですね。こんなに恥ずかしいのに、シャッター音が肌に心地いいと感じています」

「それでいいのですよ。沙耶さんはもっと大胆になった方がいい。その方が、自信もつくはずです。棘のない薔薇も従順そうで素敵だけど、やはり棘がある方が孤高って感じで惹かれます……。沙耶さんも同じです。おせっかいかもしれませんが、もっと強さを持った方がいい」

「薔薇のように強く、ですか？」

「そうです。人を寄せ付けるなと言っている訳ではありません。本来の明るさや大らかさは、沙耶さんの魅力ですからそのままに。そこに凛とした薔薇のような強さが加われればと」

言いながら圭一は何となく千鶴のことを思い出していた。あの凛とした佇まいを。むろん沙耶にも、大人のおんなとしての矜持やプライドはあるだろう。けれど、いまは自信を失いかけている分、それに陰りが生じているのだ。

「なりたいです。私も薔薇のように」

背《そむ》けられていた美貌が真っ直《ます》ぐにこちらに向き直った。高揚に頰を上気させている。艶肌までを純ピンクに染めていく美妻を肉眼で見つめ、圭一は頭の中のシャッターを切った。

「私、強くなります。もっと美しくなりたいから……。圭一さん、お願いします。もう少し、そのお手伝いをしてくれませんか？」

真っ直ぐにこちらの目の奥を見つめてくる美妻に、圭一はドキッとした。心臓が早鐘を打ちはじめる。美女オーラを増した沙耶に、呑まれかけているのだ。

「も、もちろん。俺にできることなら、いくらでもお手伝いします。何なりとお申し付けください」

おどけた口調で請け合ったのは、人妻に惚れてしまいそうな自分を誤魔化そうとしたものだ。正直、独立したばかりの自分に何ができるか疑わしい。それでも沙耶にいいところを見せたいと思うのだ。

「だ、だったら圭一さん。私を抱いてください。私みたいなおばさんでもよければ」

裸を撮って欲しいとお願いされた以上に、思いがけないひと言が圭一の頭の中を真っ白にさせた。

「えっ？　抱くって、えーっ！　そ、それは、ハグとか抱っことかじゃないですよね？　つまり、俺と沙耶さんがセ、セックスを⁉」

圭一とて中学や高校のガキではない。抱くの意味くらい判っている。それでも確かめずにはいられないほど困惑をしているのだ。

「も、もちろん。セックスしたいですよ。沙耶さんがさせてくれるなら、いますぐにでも。むしろ俺からお願いしたいくらいです。でも、そんな俺にばかり都合のいい話……。沙耶さんのヌードを撮らせてもらえただけでも役得なのに、セックスまでさせてもらえるなんて、そんな」

早口になって焦《あせ》りまくる圭一。けれど、美妻はそんな圭一をただじっと見つめるばかりで、何も返事を返さない。

その瞳には微かに不安の色が滲んでいる。圭一に拒絶されることを怖れているのだ。同時に、期待の色も見え隠れしていた。

(そうか沙耶さんは、強くなったんだ。自らが発情していることを素直に口にしてくれたんだな。断られることを怖れながらも、勇気を出して言葉にしたんだ!)

一瞬にして圭一は、思い当たった。

成熟した女体は、性悦を熟知している。一方で、夫とはもう二年以上も仮面夫婦の状態なのだと聞いている。貞淑そうな沙耶のことだから、性的な欲求も無理に寝かしつけてきたはずだ。自覚しているか無自覚かは判らないが、そのスタイル抜群のゴージャスボディには、欲求不満が溜め込まれているのだ。

図らずも圭一が焚《た》きつけたために、パンドラの匣《はこ》が開かれたのかもしれない。

強くなるためには、おんなとしての自信を取り戻さなければならない。その自信を取り戻すためには、精神的にも性的にも人妻としての呪縛を解く必要があるのだ。

(沙耶さんは、おんなとして生まれ変わろうとしているのかも……。人妻であることも、貞淑さや奥ゆかしさも全て脱ぎ捨てようとしているんだ……）

進んで圭一に全裸を晒したのも、あるいはそれまでの自分から脱皮しようとしていたのかもしれない。同時に、切ないカラダの疼きを鎮《しず》めて欲しいと無意識のうちに発したSOSでもあるのだろう。

それ故に、羞恥を抑《おさ》えて自ら抱いて欲しいと訴えるのだ。

「判りました。いや、違います。沙耶さん、俺の方から求愛します。俺、沙耶さんが欲しいです。正直、ずっと沙耶さんとセックスしたいと思ってました。写真を撮っている時もずっと。美しい沙耶さんに触れたいと、セックスしたいと思っていました。だから！」

思い切って圭一は求愛した。おんなを口説くのは久しぶりで、どんな言葉が沙耶に響くのかも判らない。だからこそ、あえて直接的な言葉を並べた。隠さずに、自らの欲求を伝えることで、いかに沙耶が魅力的であるかを伝えたかったのだ。

「ああ、圭一さん。うれしい！　少しは魅力を感じてもらえたのですね。こんなおばさんのカラダでも、欲情してくれるのですよね？」

「おばさんなんてそんな……。沙耶さんは若いです！　俺と四歳しか違わないのですから。それに、ええ。沙耶さんに発情しています。だって、こんなにカワイイし、綺麗だし、ものすごくエロいし！　ほら俺、もうこんなになっています！」

　言いながら圭一は自らのズボンのベルトを外し、パンツごと一気に脱ぎ捨てた。痛々しいまでに膨れ上がる肉柱を見せつけ、いかに自分が興奮しているか、彼女をおんなとして見ているかの証しを晒したのだ。

　既に彼女が全裸なのだから照れくさくもない。あっという間に、身に着けているものを全て脱ぎ捨て、沙耶同様に生まれたままの姿になった。

「沙耶さん。誓います。俺は、沙耶さんに寂しい思いをさせません。独立したばかりで安定もしていないけれど、まだまだ半人前ですけど、沙耶さんをしあわせにするよう努力します。おんなとしての悦《よろこ》びも沢山！　だから、お願いです。沙耶さんとセックスしたい！　魅力的なカラダを俺に味わわせてください！」

　若気の至りか勢いと直情任せに、圭一は熱烈で、直截《ちょくせつ》な求愛を繰り返す。普段は、シャイな性格をクールな仮面で誤魔化しているが、本来の圭一は直情的で熱い。情に厚く惚れっぽいのが地の性格だ。

「圭一さん……。本気なのですか？　そんな熱いセリフ、私、本気にしますよ……」

「本気にしてください。俺は、とっくに沙耶さんにやられてますから。何度も言っていますけど、そもそも沙耶さんに魅力を感じるからこそ、ディーバにも選んだのです。

端から沙耶さんは俺好みなんですよ」

言いながら圭一は少しずつ、作業台の上の沙耶に近寄り、そっと手を伸ばしてその手を取った。

美しい指先が圭一の掌をやわらかく握り返してくれる。やわらかく華奢な手指に触れただけで、圭一の発情はいや増した。

6

「沙耶さん……」

やさしくその名を呼び、黒曜石のような瞳を覗き込む。キラキラと潤み輝く漆黒の瞳が圭一の情動をさらにそそる。

細い頤《おとがい》を親指と人差し指で挟み、軽く持ち上げさせると、その花びらのような唇に自らの同じ器官を近づけた。

キスを待ち受け、くっきりとした二重瞼が閉じられていく。長い睫毛《まつげ》が繊細に震えている。

控えめなローズピンクのルージュがいかにも沙耶らしく、清楚で上品な彩《いろど》りを添えている。

「この口づけは、いまから沙耶さんを淫らにさせるおまじないです。これからいっぱい沙耶さんを気持ちよくさせて、おんなの悦びを思い出させてあげますね」

圭一は息を詰め、朱唇をやさしく奪っていく。

その唇には驚いた。あまりにもほっこりとやわらかく、まるでマシュマロにでも口づけするよう。上唇に比し、下唇がその倍ほどもあるせいか、受け口気味にやさしく圭一を受け止めてくれる。

ちゅちゅちゅっと啄《ついば》むように二度三度と重ねては、すぐにまたその感触が欲しくなり、続けざまに何度も求めてしまう。それも二度目より強く、三度目より激しく、男心を揺さぶる朱唇の感触にどんどん夢中にさせられていくのだ。キスすればするほど愛しさが溢れ、激情が募《つの》ると判っていてもやめることができない。

「むふん、うふぅ……。圭一……さん……んふぅ……」

小さな鼻翼が空気を求め膨らむのが愛らしい。

とめどなく湧いてくる情念をぶつけるように何度も何度も口づけを重ねる。やがて、ただ触れるだけでは物足りなくなり、舌を伸ばし、清楚な口唇を破っては、唇の裏側や白い歯列を舐め啜《すす》り、ついには彼女の朱舌と絡めあう。

「沙耶さん……。ぶふぁぁ、さ、沙耶さ〜ん！」

熱くその名を呼び、息継ぎしては、またねっとりと舌をもつれさせ、ついには喉奥にまで舌を挿し込む。

人妻の手指を拘束するように、しっかりと指と指を絡ませ、沙耶の口腔粘膜を隅々《すみずみ》まで味わいつくす。

「もうお前は俺から逃げられない。お前は俺のものだぞ！」

そう教え込むように長く唇を重ねては、美妻の舌を吸い、口腔を舐め取り、喉奥まで貪る。

しつこいと思われようと、激しく昂《たか》ぶる自分を抑えられない。

ぶちゅ、ぶちゅるるっと淫らな音を響かせ、沙耶の唇を犯し続ける。

「あはぁぁっ……。ハア、ハア、ハァっ。け、圭一さん……」

最早それをキスとは呼べない。交尾と呼んだ方がしっくりとくるほどの熱い口づけに、微熟女は酷く頬を上気させている。

「むふぅっ！　んんっ……。ほふぅ、ほおぉぉっ……」

どんどん沙耶の息遣いが荒くなるのは、口腔を蹂躙《じゅうりん》されているからばかりではない。

いつしか圭司は繋いでいた手指を解き、その悩ましい女体のあちこちにやさしく這いまわらせているのだ。

美麗な女体のフォルムを確かめながら、それでいて触れるか触れないかのフェザータッチで、その滑らかな雪花美肌に掌を滑らせている。

常に清流に洗われているような瑞々しさと潤みに飛んだ絹肌は、なぞる程度に触るだけでも圭一の掌を悦ばせてくれる。しかも、透明感に富み、艶めかしくも艶光《つやびか》りして、触り心地ばかりでなくビジュアル的にも圭一を愉しませてくれるのだ。

「んんっ……。ぬふんっ！　ふむん、むふぅ……。んっ！　んんっ、んふぅぅ……」

手指愛撫に、敏感な女体がヒクつく。そこに性感帯があるのだと艶めかしい反応で明かしてくれている。

もっとそこを触ってと訴えるような身悶えに、圭一は緩急をつけるように焦《じ》らしてやる。たっぷりと他をあやしてから、思い出したようにまたそこに舞い戻るのだ。すると、女体は待ちわびていたことを隠しきれず、先ほどよりももっとあからさまな反応を示した。

「あっ、あぁぁ……。圭一さん、上手なのですね……。あっ、あふぅ、それにとっても情熱的な口づけ……。こんなに沢山、唾液を呑まされて……。あっ、あぁん。男の人に触られるのって、こんなにしあわせな気分にさせられるものだったかしら……。

あん、あっ……。久しぶりだから私、忘れていました」

恥じらいつつも扇情的に艶声を漏らす美人妻。早くも美貌を蕩けさせている。

これほどの感度のよさは、女体のどこもかしこもが熟れている証拠だ。

（こんなに感じやすいカラダで、よくこれまで貞操を守れたものだ！）

猛烈な興奮に苛《さいな》まれながらも、さらに感度のいい女体を探っていく。腋下《えきか》に手を登頂させると、途端に、おんなの肩がビクビクンと悩ましく痙攣《けいれん》した。

（やばい！　愉し過ぎる……。だけど、頭の片隅に冷めた部分を残しておかないと、こっちまで溺れてしまいそうだ……!!）

ややもすると暴走しそうになる自分を懸命にコントロールする。少しでも気を逸らせようと、頭の中で明日の仕事の段取りをはじめる。いささか集中は削がれるが、そうでもしなければ、すぐにでも美人妻に挿入したい欲求を抑えられなくなってしまいそうだ。

沙耶におんなの悦びを思い出させると誓った手前、せめて初期絶頂くらいには彼女を導いておかないとメンツが立たない。

「あっ、あぁん……。恥ずかしい。私、はしたないくらい感じてる。言い訳できないくらいに濡れちゃっています」

欲情の焔《ほむら》を双眸から迸《ほとばし》らせる沙耶。熱せられた牝《めす》フェロモンが、その肢体から揮発して、店舗中に濃艶な薫香《くんこう》を充満させている。

その牝臭をさらに嗅ぎたくて、圭一は鼻先を媚妻の腋下に運んだ。

舌をベーっと伸ばし、口腔でもフェロモンの源泉を味わう。

「んんっ、あっ、あぁダメです……。そんないやらしいところ舐めないでください。腋下はくすぐったいばかりだったはずなのに。そんなところまで感じてしまうの……。あぁん、あはぁ」

身悶える微熟妻に、圭一はその白い首筋にも唇を這わせていく。

「んふぅ……。私、どこも敏感になっています。こんなにふしだらな姿、圭一さんに見られたくないのに……っく……。あさましいほど肌が火照って、発情しています……あぁ、沙耶は人妻なのに……。本当はこんなことといけないのにぃ」

やはり、沙耶は貞操観念が強いとみえる。それ故にどうしても自分を貞節に縛り付けてしまう。けれど、熟れた肉体は、その高潔な精神を裏切り、奔放なまでに性悦を甘受して乱れるのだ。

「そんなに自分を責めることはなりません。成熟したおんなのカラダが、愛撫を受けて感じない方がおかしいのです。むしろ俺は、沙耶さんにいっぱい気持ちよくなってもらえて嬉しいですよ」

愛らしい耳元にそっと囁きながら圭一は、最早、座っていることさえままならなくなりつつある女体を、そっと作業台の上に横たえさせた。

「そんなに恥じらうこともありません。俺、沙耶さんがもっと乱れるところを見たいです。沙耶さんの淫らなイキ貌が見たい！」

圭一は上体を屈め、つやつやと滑り輝く肩口から腕にかけて、ゆっくりと撫でまわした。再び、その唇を首筋に吸い付け、透明感あふれる美肌に舌先を這わせる。

「なめらかな肌……。シルクよりもすべすべで、こんなに艶々していて……。たっぷりとクリームを塗りつけたみたいで……。それに、あぁ、甘い……」

感極まりながら透明度の高い美肌に手指を這わせる。圭一が触れるたび、ぴくんと震える女体反応が、さらにあからさまになっていく。

カラダの側面から徐々に手指を中心へと移し、首筋に吸いつけた唇も、ゆっくりと鎖骨《さこつ》、そしてデコルテラインからついに胸元へと移動させた。

「くふっ……んっ、んふん……あっ、あぁ……っ！」

小鼻を愛らしく膨らませ、鼻にかかった甘い吐息を漏らす沙耶。小顔が左右に振られるたび、セミロングの黒髪が馥郁たる薫香をたなびかせ妖しく揺れた。

雪白の美肌とその甘い香りを愉しみながら、あえて手指は魅惑のふくらみをスルーして、男好きのする肉付きのお腹あたりに這い進む。

「あぁ、圭一さん、焦らしちゃいやです……。ずっと我慢してきた沙耶をこれ以上切なくさせないでください……。お願いですからおっぱいにも……」

視線を逸らせながらも微熟女が訴えてくる。甘えたような恥じらうような表情のその大人可愛さに、射精してしまいそうなほど性欲を煽られた。

媚妻が悩ましいおねだりをするのも無理はない。その胸元に目をやると、純ピンクの乳頭が、筒状に頭を持ち上げ尖らせている。

「判りました。じゃあ、沙耶さんのおっぱいに触りますね」

小さくこくりと頤は頷くが、美貌は背けられている。その羞《は》じらう様はあまりに初々《ういうい》しく少女のよう。なのに女体は熟れた反応を惜しげもなく見せるのだからたまらない。

「それじゃあ、沙耶さんのおっぱい触りますね！」

言いながら、やさしく嫋やかな双のふくらみの外側に手指を添わせる。

即座に、横たえられた蜂腰がビクンと持ち上がり、女体が妖しく震えた。

「ああ、うそっ！　やっぱり、ダメです!!　おっぱい、こんなに敏感になっているなんて……。おっぱいだけでイッてしまいそう。あっ、あぁん、圭一さんダメぇっ！」

まさかこれほどまでに乳房が発情しているとは自覚していなかったらしい。知らずに触って欲しいと懇願したのだ。

「いいえ。やめられません。今さらお預けはムリです。それに、沙耶さんが乳イキしてくれるなら、是非ともそれを見たいです！」

無慈悲に圭一は首を左右に振り、乳房を責めると決意した。

スレンダーに見えても、沙耶のカラダは熟成に満ちている。中でも、そのふくらみの成熟度合いは、どこよりも進んでいるように見受けられる。

Dカップ越えの巨乳は、横たわってなお、わずかに左右に流れただけで、そのほとんどは膨らみを崩さずに、丸いお椀型のフォルムを描いている。

それでいて、いざ掌をあてがうと圭一の指をどこまでも受け入れてくれるやわらかさに満ちていた。さらには、ハリのある艶肌が心地よく手指を押し返し、官能的な弾《だん》力《りょく》を味わわせてくれるのだ。

その凄まじいエロ乳房の触り心地に、圭一は羽化登仙《うかとうせん》の境に入り酔い痴れた。

「ああ、沙耶さんのおっぱい……。なんて素敵なのでしょう。上品で美しくて、ものすごくエロい！」

奇跡のような乳房が、視覚にも扇情的に訴えかけてくる。

清楚な甘い貌立ちにふさわしい優美で上品な乳房。三十路《みそじ》に入ってなお、瑞々しさを感じさせる官能の果実なのだ。

「あふぅっ。圭一さんのエッチな手つき……。そんないやらしい触られ方をしたらよけいに私……。あっ、あはぁ、あぁ……！」

官能味溢れる朱唇から零れる甘い吐息。圭一の視線に灼《や》かれ、乳肌がぼうっとピンクに煙っていく。

やがて白いデコルテから胸元にかけて、薄い皮下に鮮やかな紅い斑点が浮かびはじめる。

「うわあぁっ。なにこれ？　沙耶さん、もしかしてこれセックスフラッシュ？」

媚妻の女体に起きた現象を、仕事柄、圭一も知ってはいたが、己の目で直《じか》に見るのははじめてだった。それも、絶頂時に顔や首、胸元のあたりを赤く染める現象と記憶していたが、こんな斑点状のセックスフラッシュがあるとは知らなかった。

「私もこんなにはっきりと表れるのは久しぶりです。それもイッたわけでもないのに、興奮しただけでこんなになるなんて……。私の中の淫らさが浮き出るようで恥ずかしい。それにとっても醜いでしょう？」

「そんなことはありません。むしろ、綺麗です。ほら、赤いバラの花びらを肌に散らしたようで……。すごくエロい！」

その官能美に誘われて圭一は、その花びらを愛おしむように唇を這わせはじめる。チュッと花びらを軽く唇に摘まみながら舌先で舐めしゃぶった。

「あっ、あはんっ……。くふぅん、はふぅ……。ああ、ダメです。感じる。感じちゃうぅぅ〜っ！」

媚妻が官能に女体を捩るたび、容《かたち》のよい美巨乳が悩殺的に揺れる。その頂点で純ピンクに仄めく乳頭を掌で覆い、掌底《しょうてい》で潰すようにしながら乳肌に手指を食い込ませる。

「あうっ！　あっ、あっ、あぁっ……。乳首、擦れています。圭一さんの掌の中で、私の乳首、乳首がぁぁっ！」

「こんなに美しいおっぱいを弄べるなんて……。俺は果報者です。すべすべした蜜肌を舐めしゃぶるのも……。あぁ、やっぱり沙耶さんの肌は甘い！」

褒めそやしながら、なおも下乳の外周を大きく開いた掌でそっと擦る。その切なさに、ぎゅっと蜂腰を捩るように女体がのたうつも、抗《あらが》う様子は見られない。

「あん、あぁん……。圭一さん。ああ、いやぁ、そんないやらしくされたら私……」

蜜肌のしっとりすべすべの触り心地に、感動のあまり圭一の肌が粟立っていく。

特に、その乳肌は舌を巻くほどにやわらかく、それでいて揉み応えたっぷりの弾力だ。

「おあぁっ、すごいっ！　ぷにょんとした手触りが掌にまとわりついてきます」

感極まったような声が染みるのか、女体がぶるぶるっと震えた。

下半身を淫らなまでにもじもじとさせ、その太ももで甘く熟れた果肉をぐじゅぐじゅと擦りつけている。

「うふぅっ……い、いいのっ！　き、気持ちいいっ……。この感覚久しぶりです。あぁっ、圭一さんっ！」

丸い稜線にあてがった手指を連続して肉房に食い込ませる。その圧迫は、圭一の昂ぶりと比例し、乳脂肪を隔《へだ》てて親指と薬指の腹がくっつくほど強く潰した。

「ほううぅっ……あっ、あふぅ……あん…ああんっ、はあぁ、あぁ〜ん！」

行き場を失った遊離脂肪が、乳膚をパンパンに張りつめさせる。柔軟性と弾力に富む乳房は、圭一がまともにその劣情をぶつけても受け止めてくれる安心感がある。

事実、強すぎる圧迫にも、媚妻は乳房をぐいっと突き出すようにして、官能の電流に身を任せている。

「極上おっぱい最高です。そそられまくりです。ああ、それにしても沙耶さんが、こんなにエロくてスケベだったなんて、普段の澄まし顔に騙されていました」

「ああん、いや～ん。スケベだなんて言わないでください。それに澄ましてなんかいませんンっ！」

「だって本当のことです。このカラダの反応なんて超エロいじゃないですか。いやらしくヒクつかせてばかりいて。ほら、乳首だって、こんなにコリコリに尖らせて……。でも、いやらしいのに綺麗です！」

圭一を淫らに誘う双の乳頭をついに親指と人差し指の間に挟み、外側にねじるようにくりくりっと捻《ひね》り上げた。

「ふひっ！　あぁ……ち……くびぃっ……そ、そんなにしないでくださいっ……くりくりするのいやですぅ……！」

「触ってって乳首がおねだりしていましたよ……仕方ない。じゃあ、吸っちゃいますね！」

唇をタコのように窄め、沙耶の許しも得ずに、ちゅうちゅうと吸いつけた。

「あん、そんな、いやあぁんっ！　そ、そんなに強く吸っちゃいやですぅ‼」

唇の及ばない方の乳頭は、なおも指先で甘くすり潰してやる。

べろん、れろん、レロレロレッと、舌先を高速に動かして乳頭をなぎ倒す。

純ピンクの乳首が、妖しくもねっとりと濡れ光る。清楚な小さめの乳暈が、官能の刺激に一段小高くなった。乳頭もさらにしこりを帯び、淫靡に肥大させている。

「あん、ああん、うふん……うふうう……あはぁ、はぁあ〜〜……っ」

悩ましい喘ぎが、そのオクターブをさらに上げ、より淫らさを帯びるにつれ、微熟妻の身悶えもより奔放なものに変化していく。女体を右に左に捩りながら、腰を浮き上がらせたり、頤を突き上げたりと扇情的に乱れるのだ。

「ぁあん。感じます。おっぱい凄いの……。あぁ、圭一さん……もっと、もっと弄《いじ》ってください。沙耶のおっぱいをめちゃくちゃにして……」

求めに応じ、舌先に涎《よだれ》を溜め、ぬるぬると乳頭を口腔内で躍らせる。しこり尖る乳首の甘い味わいに、さらに勢いをつけていく。

乳蕾を強く吸い付けながら歯先で甘噛みしてやると、背筋がぐんとエビ反り、作業台の上に淫らなアーチが描かれた。

乳肌が見事な桜色に染まっている。花びらのようなセックスフラッシュもその色づきをさらに鮮やかにさせている。圭一がもたらす刺激に、すっかり沙耶は慎ましやかな人妻の仮面を捨て、奔放に官能に酔い痴れている。乳房を張りつめさせ、女体を性色に染め、圭一が与えるその悦びを甘受するのだ。

「あ、あぁん、背筋にぞくぞくってHな電気が走るの……。ひぅっ！　あはぁ、気持ちいいっ。ああん、おっぱい感じすぎますぅ……っ！」

「沙耶さんって、物凄く色っぽく啼《な》くのですね」

「ああんっ。いやな圭一さん……。年上のおんなをからかわないでください」

「まだ歳を気にしているのですか？　沙耶さんは、こんなに可愛いのに。最高にセクシーで、美しくって、間違えても三十代になんて見えませんよ」

「あん、うれしい！　圭一さんの前では、魅力的なおんなでいたいから、褒められるとうれしい……。ああ、それが子宮にも伝わります。子宮が疼いちゃうぅ……っ！」

その言葉通り圭一が褒めるたび、沙耶の美貌は冴えていく。女性ホルモンが多量に分泌され、肉体が活性化されるのだろうか。わずかの間に、さらに一段上のおんな振りを極める沙耶に、圭一は目を奪われ通しだ。

しかも、微熟妻はその美を咲き誇らせるばかりではなく、妖しい官能味までをも深めていく。ジンジンと子宮を疼かせ、最早圭一の目を憚《はばか》ることもなく太ももを擦りあわせている。ひと時もじっとしていられずに艶めかしくも、その発情を露わにエロフエロモンを振りまいていくのだ。

「圭一さんは、もてるのでしょうね……。そんな圭一さんを一刻でも惹きつけられるならうれしい……。淫らでも、どんなにふしだらでも、圭一さんが悦んでくれるなら私、恥ずかしい姿もイキ貌だって見せちゃいます！」

「うれしいです。じゃあ、沙耶さんには、もっと感じてもらわなくちゃ。エロいイキ貌を見せてもらうにはね！」

言いながら圭一は、力強く双房を揉みしだき、乳首を掌底に擦りつけた。

涎でねとねとになった二つの乳首が掌底をくすぐる感触。むにゅんと潰れては反発する心地よさ。掌に擦れる滑らかな乳肌の擦れ心地。その極上乳房は、圭一の手指性感をたまらなく刺激してくれる。

「あ、ああん、激しいっ……。だめです。そんなにいやらしく揉んじゃ、いやぁっ！」

「だって、もっと弄んでって、沙耶さんが言ったのですよ？」

文字通り乳繰る圭一。掌の中で揺れ動く遊離脂肪を、くにゅん、ぐにゅんと揉みしだいては、他に例えようのない唯一無二の感触を味わい尽くす。

「はぁあん……両方ぅぅ……ああん、おっぱい溶けちゃいますぅ！」

鷲摑《わしづか》みにした乳房が悩ましくひしゃげる眺めは男心をたまらなくくすぐる。こうしてずっと、柔乳を弄んでいたいのはやまやまだが、やるせないまでに肉柱が疼き訴える。もちろんそれは、媚妻の淫裂に埋めたい衝動だ。

「ああんっ……もう、だめです。お願い圭一さん、もう我慢できません。挿入《い》れてください。圭一さんのおち×ちんを、ふしだらな沙耶のおま×こにくださいっ！」

美熟女のおねだりが圭一の欲求とシンクロした。

本来であれば、女陰やクリトリスも愛撫して、挿入前に沙耶を絶頂に導こうと目論んでいたが、あまりにも魅力的な美妻の官能味に、圭一はその余裕を失っていた。

「俺からもお願いします。沙耶さんに嵌めたい！　セックスしたいです！」

分身の疼きに促《うなが》され、素直に圭一は媚妻に求愛した。

7

「くださいっ！　沙耶のおま×こ、夫にも見せたことがないくらい、びしょびしょになっています。だから早く圭一さんのおち×ちんを……っ！」

圭一の求愛に沙耶は美貌を真っ赤に紅潮させて応えてくれた。

しかも、何を思ったのか媚妻は、ノロノロと作業台の上から女体を降ろし、そのままクルリと背を向けるのだ。

さらに前屈みになり両手を台に着くと、左右に大きく張り出した婀娜《あだ》っぽい艶尻をこちらに突き出さした。

「沙耶のおま×こ、びしょ濡れになっていますよね？　ああ、恥ずかしいから早くここに圭一さんのおち×ちんを……」

美貌だけをこちら向きに、なおもふしだらなおねだりをする。

沙耶の言葉通り、ザクロのように爆《は》ぜた裂け目からしとどに淫蜜が溢れている。たらりと太ももにまで流れ落ちる透明な筋を視姦しながら、圭一はその足を一歩前に進め、クナクナと揺れ動く牝尻を両手で捕まえた。

「沙耶さん……！」

途端に、ビクンと女体が震える。はじめての圭一との交わりに、幾分緊張しているのだろう。

圭一は、沙耶が男に奉仕することに歓びを感じるタイプなのだと思っている。

男の貌が見えぬまま、ただ膣孔に抜き挿しされる後背位は、おんなにとって精液を注《そそ》がれるだけの排泄器《はいせつき》になったようで、屈辱《くつじょく》を感じる女性が少なからずいる。獣のような交わりと、嫌うのだ。

逆に、自ら率先して後背位を選択するのは、男に牝《めす》を飼い慣らす歓びを与えたいと願うものと思える。背後からのマウントを許すことで、男に優越感を与えるのだ。

何もかも忘れ、ふしだらに乱れてしまいたい心理もあるのだろうか。背後に回る男に、性悦に歪《ゆが》む貌を晒さずにすむ利点もあるからだ。

ならば、いまの沙耶の心理はどうなのだろう。

その真意は知れないものの圭一は、まるで花の蜜に誘われるミツバチの如く、悩ましい腰つきの引力に惹きつけられて止まない。

「沙耶さん、ああ、沙耶さん……。俺のち×ぽをここに、沙耶さんのおま×こに……！」

浮かされたようにその名を呼びながら、己が肉柱の先端をぱっくりと割れた牝渠の中心に当てがった。

「ああ、来るのですね。いいわ。きてっ……！」

ビクンと震える細腰。パクパクと開け閉めする秘唇が切なげに囁く。

「おおぉ……。き、気持ちいいっ！　そよぐ花びらとち×ぽがキスするだけで、こんなにも……。沙耶さんの、濡れま×こ、いやらしくて気持ちいいです！」

圭一はうっとりした表情で、愛液にぬめる淫裂にあて擦りを繰り返す。

最早、焦らすつもりなど毛頭ないが、先走り汁に潤う亀頭部でも、さらに蜜液をまぶさなくては円滑な挿入は望めない。それほど微熟妻の膣口は楚々としている。

「ううっ……恥ずかしい……。圭一さんが欲しくて勝手に、ほううぅっ！」

なりふり構わず、ずりずりと擦りつける圭一に、沙耶は言葉を中断して、美麗な女体をビクン、ビクンとヒクつかせる。

十分に牝が発情をしているから、その秘苑もひどく敏感なのだろう。

「もう挿入《い》れますね。沙耶さん！」

了承を与える余裕さえ失いかけている人妻は、無言のまま熟れたヒップをわななかせ若牡を促してくれる。こうして擦りつけているだけでも絶頂してしまうのではと思うほど媚妻は乱れている。

久しぶりの男との交わりに、眠らせていた牝性が根底から揺さぶられ、あられもなくおんなの本性を晒してしまうのだ。

「あぁ、ようやくなのですね……っ！」

安堵するような艶声に聞き惚れながら、圭一は痛いくらいに屹立した肉棒を充血した淫裂に突き立てた。

しかし、ぬかるんだ粘膜表面を擦っただけで挿入には至らない。懸念していた通り、媚妻の入口が相当に狭い上に、しばらくぶりであるためか処女の如くの頑なさで拒絶されてしまったのだ。

「ああ、いやです！　まだ沙耶を焦らすのですか？　お願いですっ。圭一さん！」

焦らされたと勘違いして甘く詰《なじ》る媚妻に、それは誤解と圭一は頭を振った。

「違うのです。もう焦らすつもりは……。沙耶さんの膣口が小さすぎるから……」

「多少、強引にしても大丈夫ですよ。大人のおんななのですから……。ほら、ここに思い切って突き立ててください……。どんなに圭一さんが大きなおち×ちんでも、ちゃんと受け入れて見せますから……」

言いながら媚妻は自らの股間に手をくぐらせ、その細指を圭一の肉竿に添えてくる。マニュキュア煌めく繊細な手指が、正しい角度に導いてくれた。

「このままゆっくり、来てください！　あ、あああっ……!!」

導かれるままに圭一は腰を押し出し、鈴口をピンクの秘唇に突き立てた。

ぬぷんっと卑猥な水音がするや否や、「あああぁ、あああ〜〜っ!!」と、甘く艶やかな啼き声が、媚熟妻の喉奥から搾られた。

「んくっ……け、圭一さっ……んが……ようやく…沙耶のなかに……っ！」

膨れあがった竿先をミリ単位の慎重さで蜜壺に漬け込んでいく。パツパツに拡がった蜜口に、くぷんと亀頭エラがくぐると、あとはスムーズにズズズッと膣孔の天井を擦りつけながら奥へ奥へとめり込んだ。

「はあぁぁっ！　おおっ、ほおぉっ……。ああっ、来ちゃう、来ちゃうのぉ〜〜っ！」

甲高い牝啼きを上げ、ぶるぶるるっと女体が艶めかしく痙攣した。ぎゅんっと背筋が持ち上げられたかと思うと、結合させたまま牝孔からジョバッと蜜潮が吹き出した。

「えっ！　さ、沙耶さん……？」

先ほど垣間見たセックスフラッシュが、背筋にもパアッと出現している。

「はふぅっ……。ハア、ハア、ハァ……。は、恥ずかしぃ……。もう沙耶はイッてしまいました」

ビクンビクンとイキ余韻に女体を色っぽく振るわせながら、沙耶が自らの女体に起きたことを告白してくれた。

人知れず募らせていた欲求不満が、こんな形で暴走したのだろう。

ただでさえ敏感体質の媚妻だから、このふしだらな結果も止むを得まい。むしろ、圭一としては、早々に沙耶が絶頂してくれたことは悦ばしいことだ。この先、彼女がどれほど乱れるのかと、興奮を煽られる。とは言え、熟妻は初期絶頂を迎えた程度で、本格的なアクメの到来はまだ先にある。

（これだけお膳立てされているのだから石に噛《かじ》り付いてでも、沙耶さんをイキ堕《お》とさなくては！）

心中に圭一はそう決意しながら、未だ絶頂の余波に身を焦がす美妻の牝孔に、さらなる挿入を再開させた。

「えっ！　あぁ、ダメです。待ってください。まだ挿入《はい》るのですか？　あぁ、大きい！　はうううぅっ！」

後背位からの挿入に沙耶は、圭一の分身の全てを呑み込んだものと勘違いしていたらしい。引き抜かれるものと身構えていたところに、さらなる突き入れがきて狼狽している。

「ほおおおぉっ！　お、奥まで届いちゃう！　沙耶のお腹いっぱいに、圭一さんのおち×ちんがぁぁぁ〜〜っ!!」

苦しげに女体を捩りながらも、懸命に肉柱を受け入れてくれる媚妻。その複雑なうねりが適度にザラついていて、やわらかく竿胴を扱《しご》いてくる。

太すぎる肉幹にも秘裂は、その柔軟さと人妻らしいこなれ具合で、逸物を付け根まで呑み込んでくれるのだ。

「ぐふぅぅっ。沙耶さん、なんていい具合なのでしょう……。おふぅ、ち、ち×ぽが締め付けられる……！」

　高級スポーツカーのような流線型のフォルムの女体が悩ましく蠢いている。その扇情的なビジュアルを愉しみながら圭一は、その猛々《たけだけ》しい豪直をなおも慎重に埋めていく。そうでもしないと気を抜いたら最後、射精してしまいそうなのだ。

「あぁ、最高です。こんなにいいおま×こははじめてです。びっくりするほど狭くて、なのにぬるぬるで、やばいくらいやらかくて、肉厚で、エロくて、何もかもが最高なのです！」

　甘味を感じるほどぬるっと滑らかな蜜壺が、ねっとりと肉襞《にくひだ》を吸い付かせている。絶え間ない締め付けは、入り口ばかりでなく、中ほどでも圭一をたまらなく責め立てる。

　まるでゼリーを塗ったゴム管に突っ込ませているような感覚。それでいてどこまでもやわらかく包み込み、圭一の分身をしゃぶりつけるように刺激してくる。

　しかも、媚妻のお腹側の膣肉は、紙やすりのようにザラついていて、後背位で挿入すると敏感な裏筋を削られるのだからたまらない。

「いいです！　沙耶さんのま×こ、気持ちよすぎですっ！　ち×ぽがドロドロに蕩け落ちそう！」

そんな絶賛が一ミリも大げさでなく超絶に具合のいいカズノコ天井。圭一が誉めそやすと、羞恥と歓びをない交ぜにして入り口を巾着《きんちゃく》のようにキュッと締めながら亀頭部と太幹に強い圧迫を加えてくるのだ。さらには肉壁が、うねるように絶妙な蠢動《しゅんどう》をはじめる。

「ぐおおぉっ！　な、何これ？　うわああああっ！」

俵締めの名器に圭一は目を白黒させて慌てふためいた。

あっという間に追い詰められて、一も二もなく律動を開始せざるを得なくなる。せっかく奥にまで呑み込ませた肉塊を引き抜き、またゆっくりと突き入れていく。押し寄せる射精衝動を奥歯で噛み殺し、肉柱をゆるやかに抜き挿しさせるのだ。

「ほうぅうっ！　あっ、あはぁ……。わ、判っちゃうっ！　お腹の中で圭一さんが動いているのが……ずるずるって、沙耶の膣中で……！」

媚熟妻の方も律動愉悦は、相当なものであるらしく、ぐいっと背筋を仰《の》け反《ぞ》らせては、ぶるんと美乳を震わせている。

「ううっ……お、大きいっ、ああ、奥の奥まで拓《ひら》かれちゃいます……。沙耶のおま×こ、圭一さんのおち×ちんに開拓されているのですね……っ！　夫も挿入《はい》ってきたことのない場所まで」

未開の地まで貫《つらぬ》いては、抜き挿しさせる牡獣に、半ば狼狽《うろた》える媚妻。作業台に手を着いた立ちバックの女体が逃げるように艶腰を引く。けれど、圭一がしっかりと細腰を両手に捉えているため逃れられない。

「あん、ダメですっ。あっ、あぁん、感じる。恥ずかしいほど気持ちいいの……。あっ、あぁ～～っ！」

ゆったりとした抽送《ちゆうそう》に、ふるふると媚臀《びじり》が震えている。

ズルズルズルッとカリ首で淫膣を引っ掻きまわし、抜け落ちる寸前にまで引き抜くと反転。またぢゅぶちゅちゅっと、猥褻《わいせつ》な水音を響かせて肉柱を埋め込む。

「おうん、うぅうっ、熱いっ！　おま×こに火が点《つ》いたようです。あん、あっ、あぁ、そこよ、そこ、そこ。ああ、気持ちのいいところに当たっています。あん、また奥まで来るのですね。あぁ、奥は響くのっ！　あっ、あああぁぁん!!」

腰部をふっくらとした尻朶《しりたぶ》に触れさせると、さらにくんと押し込み奥を捏《こ》ねる。

あわや陰嚢《いんのう》まで呑み込ませる勢いに、圭一もざわざわと背筋に鳥肌を立てている。人妻に嵌入《かんにゆう》している実感が、凄まじい歓びに変換されていく。

「あっ、あっ、ああああぁ～～っ！」

沙耶の本気の嬌声が、悩ましく店舗に響き渡る。

まさしく人妻を犯しているかのようで、圭一の興奮はマックスに沸騰している。

「はうううううううううっ！」

作業台を握りしめる両腕をぶるぶると震えさせ、左右に張り出した媚尻を生贄《いけにえ》として捧げる沙耶。セックスフラッシュに艶めいた背筋を美しく撓ませている。

「……んふぅ、ふぅ、ふぅ……あはぁ……おん、おおんっ……おおおおぉっ！」

重々しく吐息を漏らしては、ぐぐっと頤を天に突き出している。愛らしい菊座がきゅんと窄まっては、ひくひくと蠢いた。

圭一は前かがみになって、滑らかな背筋に抱きつくようにして乳房を捕まえる。漆黒の髪に鼻先を埋めながら硬く勃った乳首を指先に捉え甘く擦り潰す。途端に、きゅぅうんと媚膣が締まった。

切なげな表情で、こちらを振り返る朱唇を即座に圭一は奪った。

「ふむう、あふう、ふぬん、んむむむっ」

人妻のぽってりとした唇を舐めすすりながら、小刻みに肉柱を出入りさせる。

「あぁんっ、熱い口づけ……ふむぉんっ……そんなふうに求められるとうれしい！」

荒く鼻で息を継いでから、さらに朱唇を貪る。差し出された薄い舌に舌腹をべったりとつけ舌と舌を絡ませる。

「ふおん、はあああっ、ふむむむっ」

弾力に満ちた乳房を執拗《しつよう》にまさぐりながら、ねっとりと唾液を交換していく。息苦しくも甘い愉悦。時間までが、その流れを遅くさせていくように感じられた。

「おま×こジンジンしています……。ああ、もうダメです。お願いですからまた動かしてください。でないと沙耶は、切なすぎて狂ってしまいます……！」

すっかり圭一の分身を味わわされた媚妻は、奔放に発情したおんなの性を発散させている。

「うん。動かします……。でも、今度、動かしたらすぐに……」

切羽詰まった物言いに、すぐに沙耶は察してくれた。

「構いません。私もすぐにイキそうだから……。それもさっきとは比べ物にならないほど大きな恥をかきそうです。でも、もう我慢できません……。だから、お願いです。沙耶のはしたないおま×こに射精《だ》してください！」

言いながら媚妻は、やるせなさそうに媚尻をモジモジと蠢かせる。肉筒の中、巻き添えを食った肉棒が射精衝動をやるせなく訴えた。

たまらず圭一は腰を引いた。ずるずるずるっと返しの利《き》いた肉エラで媚肉を裏返す勢いで、ギリギリまで引き抜いていく。

「ほううううっ……。ダメですッ！　そ、そんな急にぃ……。あううぅぅっ、ぬ、抜かれるのが切ないぃぃ～～っ！」

身も世もなく啼き乱れる媚妻の嬌態を脳裏に焼き付けながら、今度は退《ひ》かせた肉棒を素早く押し戻す。

「ひっ、ひうぅっ、イ、イクっ！　ああ、沙耶、イクぅううう～～っ！」

淫らな牝へと堕ちた媚妻が、汗まみれの女体をのたうたせ、肉筒をキリキリと締めつけてくる。

沙耶の絶頂痙攣が収まるのを待ちきれず、再びぢゅぶちゅるるっと腰を引いた。

「きゃうぅ～～っ！　ダメ、ダメ、ダメっ！　沙耶、イッてるの……！　イッてるのに動かされたら……お、おかしくなっちゃうぅ……ああ、やぁぁぁ～んっ！」

イキ涙にむせびながら淫靡に絶頂を極めまくる媚熟女。よりうねりと締め付けがきつくなった女体に、圭一はなおも律動をくれる。

入り口付近に小刻みに擦りつけてから、ずんと奥まで素早く貫く。九浅一深《きゅうせんいっしん》の腰使いを繰り出すと、さらには、それを六浅一深、三浅一深とピッチを早め、ついにはパンパンパンと、外連味《けれんみ》のない尻朶への打ち付けへと変化させた。

「あはあああぁ～っ！　痺れる、痺れちゃう……。またイクっ、ああ、またイキますぅっ……。こんなに連続してイクのはじめて……。ああん、止まらないのっ、イキとまらないいぃぃ～～っ！」

甲高く啜り啼いては、立て続けにイキ極める沙耶。そのあさましくも美しいイキ様に、ついに圭一もリミッターを外した。

「射精《だ》しますよ沙耶さん！　沙耶さんのイキま×こに、精子をぶちまけます！」

「ほぉおっ。イッちゃうっ！　イッちゃう、イッちゃううぅっ！　あん、ダメっ、また、イクっ！　早く、早く圭一さんの精子を沙耶のイキまんこにいぃぃ～～っ！」

官能にのたうち回るエロ女体が、しとどに汗を噴《ふ》き上げながら大きく仰け反り、圭一の胸元に倒れ込んでくる。その抱き心地のいいカラダを抱きしめながら圭一は、全ての戒《いまし》めを解き、勃起肉を嘶かせた。

「うぉおぉ～～っ。で、射精《で》るぅ～～ッ！」

容《かたち》のよい媚乳をすっぽりと両手に収め、ねちねち揉み回しては、牡汁が尿道を遡《さかのぼ》る喜悦に身を任せる。

「はううううううううぅっ！」

凄まじい多幸感と共に子宮口に着弾させた胤液が、さらなる熟妻の絶頂を誘発する。

圭一の腕の中、媚麗な女体がぶるぶるぶるーっと痙攣した。

「熱いのぉ……ああ、子宮が焼けるぅ……。いっぱいに射精《だ》したのですね……お腹の中が精子で灼かれています」

胎内にじゅわぁっと拡がる精液の熱さを沙耶は赤裸々に教えてくれた。

女体をびくんびくんと痙攣させ、絶頂の余波に身を浸《ひた》している。二弾、三弾と撃ち抜かれるたび裸身は、またも昇り詰めるのだ。

「ほううぅっ。圭一さんの精液で、お腹の中がいっぱいです……。あぁ、こんなにいっぱい射精《だ》されたら、沙耶は妊娠してしまうかもしれません」

不安を口にしながらも、決してそれを厭《いと》わないと沙耶が艶冶に微笑んでいる。その妖艶な笑みは、間違いなくおんなの自信に裏付けられたものだ。

うっとりと圭一は、その美貌を見つめる。

頬を紅潮させ一段と色香を増した沙耶に、「もう一度したい」と求愛した。

ひどく濡れ潤んだ瞳が、若牡に再び突き立てられるのを想像して妖しく輝いた。

第二章　イキ堕ちる人妻

1

「沙耶さんの魅力に嵌まり、色ボケが過ぎたかなあ？」

この数日、沙耶との蜜月に甘く溺れ続けていた。

それも、はじめて結ばれた夜から一晩も空けずに、ずっと逢瀬《おうせ》を愉しんでいる。

結ばれた翌日は、追加取材を口実に彼女の元を訪れ、次の番は沙耶の方から「明日のグラビア撮影に緊張しているの」と、ＳＯＳが入り、ならば「また予行演習をしましょう」と圭一から誘ったのだ。

フラワーショップが休みの日には、昼日中から沙耶の肉体を貪ることもあった。

愉しい時間は、飛ぶように過ぎていく。

むろん、その間も圭一の頭には〝締め切り〟の四文字がチラついている。

「まずいなあ。いい加減、次のディーバを見つけないと！」

圭一とて、色ボケのまま無為に時間を費やしていたわけではない。当然、沙耶が店を開けている時間は、圭一も仕事をしている。

実際、編集部から上がってきた資料に基づき、三人ほどの面接をこなした。けれど、残念ながらピンとくる女性には出会えていないのだ。

「まあ、そりゃそうか。千鶴さんや沙耶さんみたいな人が、そう何人もいるとは思えないしな」

圭一の他にも、今回は五人のライターが、ディーバ探しに奔走しているそうで、それだけ出会える率も低くなっているらしい。

毎月十五人ほどのディーバを掲載し、その中から一人がベストディーバとして選ばれる仕組みになっている。

さらに、その月に人気のあったディーバ三人が、年間のＮｏ．１を決める候補に残る仕組みなのだ。

「ノルマまであと一人。何としても見つけないとなあ……」

圭一は、最低でも三人を選定しろと土方から言いつけられている。

それでも既に千鶴と沙耶という絶世の美女をふたりも見出したのだから顔は立つだろう。正直、他のライターがどんな女性を見つけてこようとも、あのふたりがワンツーフィニッシュをするとの確信が、圭一にはあるからだ。

だから、あとは人数揃えに適当なところで妥協すれば、それはそれで済むのだが、そうできないのが圭一の性格でもある。

「にしても、やばいなあ。締め切りギリギリになることは覚悟で、もうひとり面談してみるか」

圭一が担当する地区は、当初予想していたよりも広い。だからといって、看板娘や小町のような存在がそんなにいるとは思えない。

とは言え、思いのほか淑女候補には事欠かないのだ。それほど編集部には自薦他薦問わず、応募してくる女性は多いらしい。

かつて選ばれたディーバから、モデルに転身したり女優やタレントとなったりした例も少なくないからなのだろう。

中でも月間のベストディーバの座を獲得した女性は、大手の芸能プロダクションなどからスカウトが引く手あまたにかかるそうだ。

「だからだよな。美鈴さんみたいな女性が現れるのも……」

実際、圭一が、〝気になる淑女〟を担当するライターと知れた途端、どの女性たちも目の色を変えたものだ。それも一度名乗っただけで、あっという間にあたりに噂が拡がってしまうほどなのだ。

美鈴のように圭一の歓心を買おうとする女性も絶えなかった。

むしろ、千鶴や沙耶のようなケースの方が珍しい。

圭一としては、甘い接待を拒むつもりはない。そんなご奉仕の技巧さえも〝気になる淑女〟にふさわしいものがあるはずと、見極めるつもりもあり、むしろ率先して受けるつもりでいる。

ただし、圭一は、はっきりとそのことを告げて接待を受けている。だからといって、圭一からそれを強要することはしないし、接待されないことで選考から外すこともない。

それが圭一のスタンスだった。

恐らく土方も、圭一がそうするであろうと見越していたのだろう。

前任者がモラルの問題を起こしたと聞いたが、土方は同じ轍《てつ》を踏むなとは忠告しなかった。つまりは、それを黙認するということだ。

むしろ、そういう問題が生じかねない企画であるからこそ、圭一のような外部のライターに委託をするのだろう。

なるほど前任者の中に過労で倒れた者がいたことにも納得がいった。毎月何人ものおんなをマンツーマンで選考するからこそ過労で倒れるのだ。

「役得と言えば役得だけど、ハードだよな。モラルの問題もあるから、いつまでこれを続けていられるかもあるだろうし……」

ライターとして就任して間もないにもかかわらず、何となく先行きに不安を感じている。

「まあ頑張るしかないか。土方さんの期待に応えていれば、悪いようにはしないと言ってくれたしな」

土方を信じるに足る人物と圭一なりの目で見極めている。その人を見る目を見込んでくれたのも、また土方なのだ。

腹を決めた圭一は、編集部に連絡をして、次の面談の日取りを決めてくれるよう依頼した。

驚いたのは、折り返しすぐに「この人に逢え」と土方直々《じきじき》の指示が来たことだ。

「あたしが目を付けていた、とっておきの娘よ。あんたに任せるわ。いずれにしても、締め切りだけは厳守してね。もう時間はないわよ」

まさか土方肝いりの候補に面談することになるとは思わなかったが、お陰でワクワクするような期待が胸に湧いた。

2

「圭一さん。ねえ、圭一さん。どれにします？」

シルキーな声に現実へと引き戻された。千鶴の漆黒の瞳が、こちらを見つめている。

「あっ！　す、すみません。ちょっと考え事を……」

気がつくと傍《かたわ》らには注文を取りに来たウエイターが佇んでいた。

「えーと、千鶴さんのお薦《すす》めは……。あれ？　何でしたっけ」

まるでトンチンカンな圭一に、呆れたように千鶴が溜息をついた。

「フォカッチャと生ハムとルッコラのピザを……。それにパスタはキノコとサーモンの生パスタで……。シェアしますので取り皿もお願いします」

「お飲み物は、いかがいたしましょう？」

「そうねえランチだから……。しゃあ、パレービノ・ノワールをグラスに一つずつ。あと食後にコーヒーをお願いします」

「かしこまりました」

テキパキと注文する千鶴の声が、圭一の頭の上を素通りする。

まるで身が入らない様子の圭一に、千鶴が心配そうに視線を向ける。

「もう！　さっきから心ここにあらずといった感じなのですね……」

既にグラビア撮影を終えている千鶴だったが、この日まで取材は伸び伸びになっていた。キャリアウーマンであり母親でもある多忙の彼女だから、なかなか時間の都合がつかなかったのだ。

大型連休に入り、ムリを言ってその一日を空けてもらい、ようやく取材に漕ぎつけた。

実際、この取材こそが本来のライターとしての仕事であり、千鶴の目を通して街を紹介する文章を書くのだ。

いずれにしても、こうして取材にかこつけ、自らが見染めた美女とこうしてデートのように街を歩くのだから役得以外の何物でもない。にもかかわらず、圭一は腑抜けのような目も当てられない体《てい》たらくを晒していた。

「こんなにいいお天気で気持ちがいいのに。圭一さんは、ずっと木偶《でく》の坊《ぼう》みたい。誰かに魂でも抜かれたのかしら？」

最初の面談と取材の下打ち合わせ、そして今日の取材本番も合わせると、こうして千鶴と逢うのは三度目になる。互いに距離感がつかめるようになり、すっかり打ち解けた口調になっている。

美熟女の指摘に圭一が力なく首を縦に振ったのは、千鶴には全て見透かされていると感じたからだ。実際、「誰かに魂でも」と、しっかり言い当てられている。

「ふーん。圭一さん、ディーバのひとりにでも恋しちゃった？　だから、そんなに思い悩んでいるのね。まあ、私にではなさそうだけど……」

腕利きの占い師でもこうはいかない。にもかかわらず千鶴は、圭一の陥《おちい》った現状をビシバシと当てていく。

「ち、千鶴さん、凄すぎです！　人相とかで、それが読み取れるとか？」

「まさか。私にそんな力ないわよ。まあ、ちょっとした推理みたいなものね」

千鶴が推測した通り、圭一から魂を抜き取った犯人は、土方肝いりの淑女候補の長《なが》門詩織《としおり》だった。

圭一と同じ年の二十七歳になる彼女は、千鶴や沙耶とはまた違ったタイプで、深窓の令嬢といった形容がよく似合う女性だった。

丸く秀でた額には知性を滲ませ、ラインのやわらかなアーチ眉が繊細に女性らしさを滲ませている。

くっきりした二重瞼が、大きな双眸を彩る。しかも、その瞳には特有の引力があり、即座に相手のハートを鷲摑みにするのだ。

黒々と澄んだ瞳は、深紫を含有する黒水晶の如き煌めきを宿し、白目には青みすら帯びて神秘的に透き通っている。

童顔との印象を持たせるのは、やや下膨れ気味の頰のラインのせいであろう。その頰に、産毛《うぶげ》が銀色に輝く上に肌の滑らかさも相まって、ふわふわすべすべで、舐めたらクリームみたいにやわらかくて甘そうだと思わせるほど。

やさしいラインを描く鼻梁の下には、小さく控えめながらも瑞々しい桜唇が、ふっくらと輝きを放っている。見ているだけで切なくなるようなその唇は、愛らしい子供っぽさと、成熟した大人の艶気《いろけ》を同居させている。

短い時間、会話をした程度だったが、性格もすこぶるよく、穏やかで素直な感じがした。他愛もないことでも、明るくコロコロとよく笑うのは、擦《す》れていない証《あか》しだろう。

そんな詩織に圭一は、どうしようもなく惹かれてしまった。紛《まご》う事なき完全な一目惚れだった。

自分が惚れっぽいタイプであると自覚はしていたが、どストライクにハートを撃ち抜かれ、即死というかキュン死というか、正しく秒殺されたのだ。

けれど、詩織もまた人妻であり、しがないフリーライターの圭一に振り向いてくれるはずもなく。そうと判っていても、口説きたい思いもあったが、まさか出会ってその場で、しかも曲りなりにも選考をする立場の人間が、そんなことをできるわけもない。

向こうから誘惑紛いに仕掛けてくるならいざ知らず、こちらからでは強要と取られかねないし、一種のパワハラにもなりかねない。

いっそディーバへの選考と引き換えに関係を迫ることも頭をよぎったが、圭一が求めるのは決してひと時の快楽ではなかったから、たとえそれで彼女をものにしたとしても虚しい思いをするだけなのだ。

第一、そんな邪《よこしま》な誘いに、詩織のような女性が応じるとも思えない。

結果、圭一は、無条件のうちに詩織をディーバに選考した。

それが五日前のことだ。

「もしや詩織さんは、土方さんが差し向けた俺への刺客《しかく》だったのかも……」

面談を終えてからも、なかなか頭から詩織の存在を追い出すことができず、そんな風に笑って自分を誤魔化そうとする始末。

「俺、何をやっているのだろう。二十七歳にもなって。これじゃあ思春期のガキと変わらないいじゃないか」

何をやっていても気がつくと詩織のことを考えていて、ほとんど何も手に付かない。悶々とした想いで情緒不安定のように落ち着かず、圭一の胸を絶えずざわつかせるのだ。

「詩織さんは人妻なのだから諦めろ！」

人妻に恋慕《れんぼ》する愚かさは、自分でも判っている。いくらそれを己に訴えても、それでも想いは募るばかり。

ひたすら堂々巡りばかりの圭一に、何ができるわけでもない。やむなく仕事に集中しようとするのだが、またぞろ詩織の横顔が目の前をチラついてしまうのだった。

そんな圭一の恋の病いに、千鶴が気づいてくれたのだ。

「もう！　目の前にこんな美人がいるのに。それも取材とは言え、もうこれはデートじゃない。なのに他の女性のことを考えているなんて、圭一さん失礼ね！」

ぷっと膨れて見せる千鶴に圭一は思わず笑った。

「千鶴さんに元気づけられているようではダメですよね。少なくとも俺の立場上」

「そんなこともないんじゃない。弱っているときは、ムリに虚勢を張らずに弱っている姿を人に見せるのって大事よ。ＳＯＳを発信したところで、誰も彼もが気づくわけでもないし。気づいたところで大抵の人は見て見ぬふりするでしょうしね」

頷く圭一に、千鶴がやわらかい笑みを振りまいてくれる。

「でも、千鶴さんは俺のＳＯＳをスルーしませんでした」

「うん。スルーできなかった。だってしようがないじゃない。圭一さんの目の前に、私は座っているのだから」

またしてもニコリと笑いかけられて、圭一はポッと心の奥に温かい火が灯るのを感じた。

「恋愛相談に乗るつもりはないけれど、弱っている圭一さんを慰めてあげることくらいはできるかも……」

意味ありげに笑う千鶴。ふいにテーブルの下、ヒールを脱いだ美熟女の足に圭一は下腹部を襲われた。

やわらかな足の裏が、やさしくむぎゅっと圭一の股間を押してくる。

「おっ、おわぁっ！」

情けない悲鳴をあげ、圭一は慌てて周りを窺《うかが》った。

幸いにも活気のある店内では、千鶴の大胆な行動に気づいた者はいないようだ。目を白黒させて微妙に腰を引かせる圭一を、悪戯っぽい眼をした千鶴がさらに押してくる。

(何だこれ？　このシチュエーション、フランスとかの映画で見るような奴！　こんなことを、ち、千鶴さんが……！)

足の裏とは思えない感触に、たまらず圭一は股間を膨らませた。

「うふふ。意外と初心な反応！　ねえ、今日はこのまま取材をやめにして、本当にデートってことにしましょうよ。おんなの悩みなんて、私が忘れさせてあげるわ。その代わり私といるときは、私のことだけ考えて！」

どうやら千鶴は、自分に集中してくれない圭一に少しばかり腹を立てているようだ。しかも、もしかすると悋気《りんき》まで起こしているのかもしれない。けれど、何ゆえに突然、圭一にアプローチを仕掛けてくるのかが判らない。

恐らく彼女は、計算で男を誑《たぶら》かすタイプではない。感情の赴くままに動いたり、男を振り回したりするタイプとも違うように思える。

遊びたいとか欲求不満を溜《た》め込んでいるのとも違うのだろう。

では何ゆえに人妻でありながら、これほど奔放な姿を晒してくれるのか。それも突然のように。

「うふふ。どう？　それとも私ではイヤかしら？」

屈託なく笑いながら足の裏は圭一の股間を退かない。それどころか、硬くなりはじめた感触を探るように、何度も何度も擦りつけてくる。

少し小高くなった頬が、心なしか紅潮しているのが判る。

（うおっ！　ま、まさか、千鶴さん。俺のち×ぽを悪戯して興奮してる？）

凛としていて涼やかで、淑やかさも感じさせる千鶴に、こんな一面があるとは思わなかった。

思えば彼女は三十八歳と圭一より一回り近く年上であり、大企業で中間管理職にあるだけあって大人の分別もしっかりと身に着けているはず。なのに、目の前の彼女は無垢《むく》な少女のように、自分をそのまま露わにしている。

その行動は怖いもの知らずの二十歳前後の女性のようであり、無防備でさえある。けれど、同じ素《す》を見せるのでも、大人の肌と匂いと仕草が際立つ分、どこか艶めかしい。

「イヤなんてことはありません。千鶴さんほどに魅力的な女性に慰めてもらえるだなんて、嬉しいばかりで……。でも、どうしてですか？　大人であればこそ、千鶴さんならSOSを見て見ぬふりしてスルーできたはずです」

尋ねずにはいられなかった。

圭一を慰めるにも、ここまで小悪魔的振舞いをする必要はないはずだからだ。

少なくとも千鶴のこの行動は、普段の彼女らしくないはずのもの。それ故に、どうしてここまでと思ってしまうのだ。

「さあ。どうしてかしら……。自分でも判らないわ。でも、純粋に圭一さんを慰めてあげたいと思うの……」

そう打ち明けながらじっとりと潤いを帯びた眼差しをこちらに向ける美人妻に、圭一はドキリとした。

相変わらず、股間を足の裏で押し続けられているのも堪らない。

「うふふ。私、誰にでもこんなことをするようなおんなではないのよ。弱っているのが圭一さんだから慰めてあげたいって……」

ゾクリとするほど色っぽい瞳に見つめられ、下腹部で熱いものが、ものすごい勢いで沸騰するのを感じた。

「お、お願いします。俺、千鶴さんに慰めてもらいたいです。こんなに美しくて、ものすごく色っぽい千鶴さんになら、お、俺……！」

もしかすると彼女も発情しているのかもしれないと思わせるほど、頬を赤く上気させている。

（慰めてくれるって、何をどこまでしてくれるのだろう……。あのおっぱいにも触らせてくれるのだろうか……。千鶴さんは、人妻だからさすがにセックスまでは高望みだよな……）

留まることなく妄想が膨らんでいく。紛うことなき絶世の美女との甘い一時が待っていると想像するだけで、下腹部に血液が集まってしまうのだ。

「圭一さん、ねえ、圭一さん、もう、またぼーっとして……」

いつの間にエロい妄想に耽《ふけ》りながら、ぼーっと千鶴を見つめていたらしい。

「え、あ、いや、すみません。何の話でしたっけ……」

「もう。圭一さんったらぁ……。でも、さっきよりはましね。今度は、ちゃんと私の胸元ばかり見ていたものね」

指摘された通り、圭一の視線はその大きく前に突き出している胸元に吸い込まれていた。

襟ぐりの広いピンクのチュニックは、千鶴が前屈みになる度《たび》、大胆にも胸元を覗かせるから、ついついそこに眼が吸い込まれる。

ベルベット生地の深い赤色が純白の胸元をふっくらと覆っている。セクシーに胸元を強調する華奢なハーフカップと乳肌の乳白色との対比がひどく扇情的だった。

「す、すみません……。でも、それは千鶴さんが、素晴らしいプロポーションの持ち主だから……。エロい眼で見て申し訳ないですが、どうしたってそこに目が」

もう少し欲望をオブラートに包み、甘い言葉を囁くべきとは承知している。けれど、最早、言葉を選ぶのも限界だった。

千鶴の艶々した唇を見ていると、すぐにでもキスしたい衝動に駆られてしまう。むろん、触れたいのは唇だけではない。その麗《うるわ》しの女体のどこにでも触れられるなら触れてみたい。たとえ、それが彼女の髪でもよかった。

その漆黒の髪は、艶やかで豊かに流れるロングヘア。初めての面談の時は仕事帰りであったのか、一本の三つ編みに纏《まと》め、肩から前に提げていた。

そのほっそりとした白いうなじからは、あでやかにもしっとりとした色気が放たれていたのを覚えている。

「うふふ。圭一さん、狼みたいな目をしてる。ランチを済ませたら、どこか二人きりになれるところに行きましょう。ねっ？」

美熟女の瞳にも、性欲の焔が燃えている気がした。

そんな彼女の誘いを断れるはずがない。

千鶴のお陰であれほど頭から追い出せずにいた詩織のことが、ウソのように消えていた。我ながら現金だと苦笑しつつも、千鶴の魅力をもってすればそれも不思議はないと納得した。

3

「思いのほか、広くてきれいな部屋ですね……」

それもそのはず比較的格式の高いシティホテルの一室なのだ。圭一とて会話の接ぎ穂に過ぎず、つまるところ緊張を紛らわすための言葉でしかない。

一方で、黙して小さく頷いただけの千鶴からも、相当の緊張が窺える。

さっぱり味も判らぬまま早々にランチを済ませた二人は、タクシーを飛ばし、このホテルにまでやってきた。

二人きりになれる場所を探すにも、千鶴の地元で探す訳にもいかず、咄嗟《とっさ》に思い付いたのが、名の知れたこのホテルだった。

「スイートルームを取れなくてすみません。千鶴さんのために、いい部屋を用意したかったのですけど……」

多少の見栄《みえ》もあり、千鶴というゴージャスな美女のためにとスイートルームの空きを確認した。あいにくというか、圭一の財布には幸運なことにというべきか、スイートはおろかジュニアスイートやエグゼクティブにも空きはなく、ダブルベッドのこの部屋をようやく確保したのだ。

「とてもいいお部屋じゃない……。私に気を使って、こんなにいいお部屋を取ってくれたのね。うれしい」

キャリアウーマンのような千鶴だからこそ、人の心遣いが分かるのだろう。細やかに相手を慮り、そして男を立てることを知っている。

同じ慮《おもんばか》るでも「こんなに高いお部屋、そんなにムリをしなくても……」と言うのでは、男の自尊心が傷つけられる。けれど、千鶴のように上手に立ててくれる上に、うれしいと言ってくれると、カワイイ人と感じるのだ。

(ああ、やはり千鶴さんって素敵だなあ……。大人可愛い！)

ここまでの車中、またぞろ脳裏に詩織が浮かび、頭の片隅には沙耶の存在もあった。都合よく、浮気なことばかりをしていると自らを嫌悪する気持ちもあったが、今はそんなことも忘れ、ただひたすら千鶴のことだけを見ている。

そこが〝調子がよくていい加減〟といえばそれまでだが、「私といるときは、私だけを見て！」と千鶴に叱られ、素直にそうするべきと思えたから、まっすぐに彼女に向き合っている。それも本来の圭一に立ち返り、情熱たっぷりに熱く、真剣に見つめるのだ。

そんな眼差しにほだされてか、千鶴は自らが年上であることも忘れたように、心なしか頬を赤らめどこかソワソワしている。

「えーと。じゃあ先に私、シャワーを浴びてこようかな」

バスルームに向かおうとする千鶴の腕を、咄嗟《とっさ》に圭一は捕まえた。

男らしく、スマートに抱き寄せるつもりが、強く引っ張り過ぎてバランスを崩し、二人はそのままベッドの上に尻もちをついた。

「あんっ！」と、アルトの声が短い悲鳴をあげたのが、さらに圭一の獣欲を誘った。

矢も楯もたまらず圭一は、そのまま美熟女を抱き寄せた。

「ああん、圭一さんって、意外とせっかちなのね……」

甘さを含ませた声と口調で、顔に落ちてきた髪を掻き上げている。

胸元まである艶やかな漆黒の髪から、ふんわりと甘い香りが漂った。

上品なベルガモットの香りに、フローラルブーケが調合されているのだろう。匂いフェチの圭一だからフレグランスにも多少の知識がある。

「本当にいいのですか……？　まだお互いのことをよく知らないのに」

ホテルの部屋でこうして抱き合い、言わずもがなのことを聞いてしまう。それは圭一の優柔不断であり狡《ずる》さなのだろう。

「うふふ。時間じゃないでしょう？　男と女って……」

恥じらいを滲ませながらも、妖しい色香を漂わせる千鶴。圭一などよりも彼女の方が、よほど男前に腹が座っている。

「千鶴さん……」

熟妻が、そっと顔を近づけてくる。長い睫毛を震わせながらすっと瞳を閉じた。

応じる圭一からも距離を詰め、ふっくらとした唇に自らの同じ器官を押し付ける。

肉厚の唇はどこまでもグラマラスで、触れた途端ふんわりと溶けていきそう。

「ん、ふむん、んんっ！」

上下の唇で艶めく上唇を摘まみ、やさしく引っ張ると、心地よいぷるんぷるんとした弾力が弾《はじ》けた。

（どうすれば、こんなにやわらかくなれるのだろう……）

べったりと唇を押し付けあっていると、恋人同士のようだ。

（ああ、このまま俺、千鶴さんの彼氏になりたい……！）

そんな期待も込め媚妻の瞳の奥を覗くと、困ったような表情で彼女が微苦笑した。

その表情で、圭一は悟った。この時間が特別であることを。

（そっか、そうだよな……。千鶴さんの彼氏になれるなんて奇跡、そうは起きないよな。人妻の千鶴さんがひと時の相手をしてくれるだけでも奇跡なのだから……）

期待した分、少しだけがっかりもしたが、千鶴ほどのおんながここまでしてくれるのだから、それで十分ではないか。

「たとえこの瞬間だけでもいいです……。千鶴さんを感じたい！」

「ごめんなさい。その代わり、いまだけは、たっぷりと圭一さんを慰めてあげるから……」

圭一の首筋に美熟妻の腕が絡みついてくる。

ギュッと抱き締められる幸せ。安らぎとやさしさに包まれ、ひりついていた心が一瞬で軽くなる。それでいて、凄まじい性欲が湧き上がるのは、成熟した女体の存在感に触発されてのことだ。

「うふふ、圭一さんったら。もうここを硬くさせて。一回りも年上のおんなにこんなに欲情するなんて……。千鶴に何をして欲しいのかしら？　いまだけは、なんでもしてあげるわよ」

蕩けるような表情で圭一に聞いてくれる美熟女。心なしかその瞳をトロリと潤ませている。

「ええ？　で、では千鶴さんのパイズリを！　千鶴さんのおっぱいにち×ぽを包まれたいです！　千鶴さんのおま×こも舐めたい！」

我ながら高校生のようなリクエストだとは思うものの、せっかくのチャンスなのだから千鶴がしたことのないようなセックスを望んだ。

「パイズリって、おっぱいでするの？　やだぁっ、圭一さんのエッチ！　おっぱいに包まれたいだなんて……。それに私のあそこを舐めたいなんて……」

一瞬キョトンとした美貌が、すぐにパアッと紅潮していく。自分でも子供じみた要求と思ったくらいだから、千鶴がどう思ったか。それでも美熟妻は、否定的な言葉とは裏腹に、その細い手指で濃紺のカーディガンを脱ぎ捨て、薄手のブラウスのボタンを外しにかかる。

ベッドに膝立ちになり、長い睫毛を伏せながら、いそいそと貝殻のようなボタンを外す悩ましい所作を、圭一は固唾《かたず》を呑んで見守った。

（ああ、ち、千鶴さんが、俺の目の前で裸になっていく……）

薄生地のブラウスが前をくつろげると、ワインレッドのブラジャーに包まれた純白の胸元が現れた。

均整のとれたボディラインは想像以上に肉感的で、凄まじい官能美を放っている。身長165センチと女性にしては背が高くすらりとしている上に、小さな頭と相まって八頭身のバランスを優美に保っている。

細く長い首、すんなりと伸びた手足などは細身のイメージを与えてくれる。年増痩《としまや》せして無駄な脂肪をすっきりと落としたシルエットなのだ。

にもかかわらず痩せぎすということはなく、ムンと牝が匂い立つほどに熟れきって、同世代の女優たちでさえ羨むであろうほどにド派手なメリハリをつけている。

迫力の美巨乳は推定Eカップ。少し胸を反らすだけで、シャツのボタンが飛び散りそうだと、はらはらさせられていたが、いざその胸元がくつろげられるとハッと息を呑むほどに美しく、そして凄まじいまでのマッシブな存在感が際立っている。

挑発的なティアドロップ型と、女性らしい嫋《たお》やかな面差《おもざ》しとが絶妙な取り合わせで、相互をたまらなく引き立てている。

「もう。そんなに期待した目でおっぱいばかり見ないで。ただでさえ、こんなだらしないおっぱいでは、圭一さんにがっかりされそうで心配なのに……」

シャツを脱ぎ捨てながらも急に恥ずかしくなったのか慌てて胸元を腕で抱きかかえる千鶴。けれど、張り出すボリュームを隠そうにも、ずっしりと実る果実は細腕では隠しようもなく、たわわな質感は千鶴が身じろぎするだけでもユッサ、ユッサと悩殺的に揺れている。

なのに、その流れるようなボディラインは、ふくらみを越えた途端に砂時計さながらに細くくびれ、熟れによる丸みだけは残しながら絞り込まれているのだ。

「見ずになどいられません。ああ、千鶴さん、美し過ぎます。ナイスバディなのは、服の上からでも判っていたけれど。これほどとは……。にしても、このカラダで子を産んでいるなんて、とても信じられません！」

三十八歳の年齢といい、中一になる娘がいることといい、どれも信じがたいと思われていたことが、そのスレンダーグラマラスを目の当たりにすると、さらに信じられなくなる。大げさでもなんでもなく、目の前に女神が降臨したかのようだ。

「うふふ。お世辞でもうれしいわ。圭一さんの痛いくらいの眼差しも、恥ずかしいけどうれしい……。この歳になっても、まだ魅力があるのかなって思わせてくれるから」

照れたように笑いながら、七分丈の白いパンツを脱ぎ捨て、その美脚を包む黒いストッキングも脱いでいく。

その腰つきが、またたまらない。

(ああ、やっぱり千鶴さんは経産婦なのかな……。見事にエロい下半身だ！)

婀娜《あだ》っぽくも急激に左右に張り出し、安産型の骨盤の広さに、中臀筋《ちゅうでんきん》も蠱惑《こわく》的に発達した90センチ超えのボリューム。そのサイドからの眺めは、頂点高く突きだすような洋ナシ型に映り、後ろの角度から見れば逆ハート形が美しい。

引き締まった大臀筋にたっぷりと脂《あぶら》をのせて熟れきった完熟尻だから、ひとたび歩き出すと、むっちりとした尻肉がプルン、プルンとやわらかそうに震えつつ、悩ましくも妖しく左右に揺れまくるのだ。

殺人的な腰つきを見つめるだけで、我知らず涎が口の端から零れそうになる。あんぐりと口を開いていたことさえ忘れさせられるのだ。

「もう。何とか言ってよぉ……。目だけはギラギラさせて黙っていられると、恥ずかしくて仕方がないわ！」

コケティッシュに頬を膨らませて見せる千鶴。その大人かわいさがまたしても年齢不詳に感じさせる。凄絶なエロフェロモンと魅力を振りまく彼女に圭一は、すっかり当てられて悶え死にしそうだ。

「す、すみません。言葉がないほど凄いというか……。綺麗とかって言葉さえ陳腐なほどで、なのにその言葉しか浮かばなくて……。ああ、やばいです。千鶴さん、美しすぎて、俺、感動してます！」

「わ、判ったわ。もういい。圭一さん、大げさすぎて、逆に恥ずかしくなっちゃう。その熱い視線だけで十分だから黙って見ていて……！」

美貌を真っ赤に染めながらも彼女は、まるで胸を張るように背筋を伸ばし、そのまま背後に手を回した。ついに、ブラジャーを外すつもりなのだ。

「ああ、ウソみたいだ。千鶴さんの生のおっぱいを拝めるなんて……。面談の時から、ずっと気になっていたおっぱいだ！」

頭の中に浮かんだ言葉が、興奮のあまり、そのまま口を突いて出る。

「ウソじゃないから。ほんとうに千鶴のおっぱいよ」

ますます美貌を赤くしながらも、それでいておんなの誇りを刺激されたかのようにご満悦にも見える。

背筋に回っていた手が、慣れた手つきでホックを外すと、すばやく前に回った片手がワインレッドのブラカップを押える。

刹那に出現した深いバスト渓谷に、圭一は目を奪われる。

「もったいつけているわけじゃないのよ。やっぱり恥ずかしいの……」

大人であっても無垢《むく》な恥じらいが、そのまま色気に繋がることを、あらためて圭一は見せつけられる思いだ。

ただただ息を詰め、眼を獣のように光らせ、美しい素肌を見つめる。その痛いほどの視線を感じて、デコルテあたりの白い膚《はだ》までが純ピンクに染まっていく。

「いいわ。圭一さんを慰めてあげるため、見せてあげると決めたのだから……」

肉厚の唇がつぶやくと、自らブラ紐を抜き取るように折り畳んでいた腕が開かれた。ブラジャーが滑り落ちるようにして外れると、白いふくらみがふるんと現れた。

「大きい……！」

陶然《とうぜん》とつぶやく圭一。あまりの迫力と美しさに、それよりも言葉が浮かばない。

ともすれば大きすぎる乳房は、バランスが崩れ、あまり美しいと思えないことがある。けれど、千鶴のバストは違った。

さすがに重力に負け左右に広がりつつ下垂れはしたものの、だらしなさは感じられない。しっかりとハリがあり、色艶もよく、たまらなくやわらかそうでもあり、完璧な極上美巨乳なのだ。

艶めかしくも白い乳肌に彩りを添える薄紅の乳暈は、几帳面《きちようめん》にまん丸を描き、乳首は小粒のワイルドベリーを思わせる。乳暈が雲母《うんも》ほどの薄さで一段小高くなっている分、より乳首がぷっくらとした印象を持たせている。

そんな完熟のエロ乳房でありながら上品と思わせてくれるのは、その美貌に依《よ》るところも大きいが、シルクのように滑らかな肌の美しさあってこそだろう。

常にしっとりと潤み、純白のようでありながら青磁の如き艶めかしい乳白色にも映る。その透明度は高く、皮膚の上に透明なベールをまとわりつかせるかのようだ。

「き、きれいです。千鶴さん……」

沙耶の時もそうだったが、ライターとしてあまりにボキャブラリーが貧困過ぎるように思われる。けれど、きれい以外の言葉がまるで浮かばない。実際、この神々しいまでの乳房の前では、どんなに言葉を尽くしても言い現わせないであろうし、陳腐にしかならないであろう。それほどまでに完璧であり、同時にどうしようもないくらいに欲情をそそるふくらみなのだ。

4

「うふふ。恥ずかしいけれど、おっぱいはちょっと自慢なの。誇りと言っても差し支えないかな……。でも、私ばかり恥ずかしいのは悔しいから、圭一さんも脱がせちゃうわね！」

小悪魔のような笑みを浮かべ、四つん這いで美熟女が迫ってきた。

繊細な手指が圭一のズボンのベルトを外しにかかる。

前屈みになった胸元が釣鐘状に容《かたち》を変え、ゆらゆらと艶めかしく揺れている。

「えっ、千鶴さん！　うわっ、いまはやばいですっ！」

脱がされるそばから下腹部に血が集まるのを圭一自身どうにもできない。ただ千鶴のするに任せるしかないのだ。

「あぁん。うそっ！　本当に？　圭一さんのおち×ぽ、こんなに逞しいの？　す、凄いわ！」

懇《ねんご》ろに全てを脱がせてくれた千鶴が驚きの声をあげた。

丸く窄めた肉厚の朱唇が、ものすごくセクシーに映る。

「足で悪戯した時から逞しいのは判っていたけど、こんなにとは気づかなかったわ」

印象的な大きな瞳が、きらきらと好奇心に煌めいている。しかも、発情を物語るように、じっとりと濡れさせていくのだ。

ゾクリとするほど色っぽい眼に、さらに圭一は昂ぶり、牡のシンボルをぶるんと跳ね上げた。

「あん、すごいっ！　おち×ぽが嘶《いなな》いたわっ！」

まさしくその言葉通りで、早く弄ってほしいと勝手に分身が先走ったのだ。

「それで、私はどうすればいいの？　これをおっぱいに挟むのかしら……」

その口調では、どうやら千鶴にパイズリの経験はないらしい。これだけのおっぱいをしていてもったいないと内心に思いながら、裏腹にはじめてであることに男の優越をくすぐられる。

「じゃあ、俺、仰向《あおむ》けになりますから上から被せる感じで、お願いします」

大急ぎで圭一は、その場で仰向けに寝そべった。

「じゃあ、リクエストに応えるだけでは手抜きみたいだから特別に……」

言いながら美妻が圭一に四つん這いで跨ってくる。それも圭一の頭の方から。自然、釣鐘状の大きなふくらみが圭一の顔の上を通過——するかと思いきや、ふいにそのやわらかな物体が圭一の顔に載せられた。

「えっ？　おわっ！　うぶぶぶっ！」

ひどくすべすべしたスライム状の物体が、顔を覆い尽くす。わずかに冷やりとした滑らかな乳膚と彼女が纏うベルガモットの香りがより濃厚に降り注ぐ。

「パイ擦りはしたことがないけれど、パフパフならしたことがあるから……。男の人って、こういうの好きでしょう？」

アルトのシルキーな声質が、恥じらいの色を載せながらそう囁いた。

「ぶふうぅ。ふあ、ふぁい。しゅごいれふ。千《ち》ぢゅりゅひゃんのパフパフ。なめらかれ、ものふごくやわらかくれ、ひゃいこうれふ！」

しっとりした乳肌がねっとりとまとわりついて口を塞ぎ、上手く言葉を発せない。鼻も塞がれているため息苦しくて仕方がないが、あまりにも気色よくて、たとえこのまま窒息死しても構わないから、ずっとこうしていたいと願ってしまう。

「うふふ。やっぱり好きなのね？　ああん、圭一さん、興奮して、またおち×ちん、嘶かせてるぅ！」

千鶴の角度からだと圭一の下腹部がもろ見えなのだろう。確かに、乳房にまみれる歓びに、分身が随喜の涙を多量に吹き零している。

「悦んでもらえて私もうれしいから、もう少しサービスしちゃうわね」

言いながら美熟女が自らの乳房の両脇に手を添える。千鶴がむぎゅりとサイドを圧《お》すと、包まれた圭一の顔に遊離脂肪がふにゅんと押し付けられる。

沙耶ほどのハリがない分、どこまでもやわらかく挟み込み、圭一を悩殺するのだ。

「ふわあああぁっ！　ひゅ、ひゅごいれふ。千じゅりゅひゃぁ〜ん」

舌足らずに情けない声をあげながらも、極上の風合いに酔い痴れる。

開けた口にも遊離脂肪が侵入して、いよいよ息ができない。溺れる寸前、ようやく魅惑のパフパフが収まり、スライムが退いた。否、退くと言うよりは、前進したと言うべきか。

「おわっ！　えっ？　千鶴さん！」

仰向けの圭一の胸板のあたりに、千鶴がお尻をぺたんと載せ、女の子座りをしたかと思うと、そのまま上体を前のめりに素肌を擦りつけていく。

「うわあああっ！　蕩けるぅ〜〜っ！」

クリームでも塗りつけたようなツルスベの媚肌。しっとりしていながらもハリのある絹肌が、圭一のお腹から下腹部の陰毛に擦りつけられる。

「もう！　圭一さん、やっぱり大げさぁ!!」

振り向いた表情は、羞恥の色に染まりながらも、どこか満足気にも見える。

(ああ、千鶴さんが、カワイイっ！　なのに、すごく色っぽい……！)

圭一が首を持ち上げると、目に飛び込んできたのは、たまらない腰つきだった。

左右に急激に張り出した安産型の骨盤の広さに、中臀筋も蠱惑的に発達した逆ハート形のマッシブなボリューム。そのサイドから眺めれば、頂点高く突きだすような洋ナシ型に映るはず。引き締まった大臀筋にたっぷりと脂をのせて熟れきっている完熟尻だから、わずかな身じろぎでも、むっちりとした尻肉がプルン、プルンとやわらかそうに揺れまくる。

その殺人的眺めにうっとりと見惚《みと》れ、圭一はまたしてもぎゅっと菊座を絞り、たっぷりと血液を集めた屹立を跳ね上げた。

「やだぁっ、本当に待ちきれないのね……。おち×ぽが、またぶるるんって！」

蠢く強張りを千鶴の手指が、やさしくも恭《うやうや》しくといった感じでつかまえた。

「硬くて、熱い……。これを胸の谷間に挟めばいいのね？」

さらに細腰を移動させ、魅惑の谷間が屹立に近づいた。

たっぷりとした乳丘が、待ちわびる肉棒に惜しげもなく降り注ぐ。

「おわぁっ、ち、千鶴さんのおっぱいがまとわりつくぅ！」

その官能は、いきなりのようにはじまった。スライムを詰め込んだ絹の袋が、敏感な裏筋に沿ってズリ落ちてくるのだ。なめらかな乳肌が、むにゅりと押し付けられるやさしい圧迫に、圭一は思わず尻を持ち上げた。

「あん、だめよ。じっとしていて……。千鶴が慰めてあげるのだから……」

詰るような甘えるようなアルトの響きが、昂ぶるように掠《かす》れた。

「で、でも、千鶴さんのおっぱい、気持ちよすぎで、やばいのです！」

素直に感想を述べると、軽く上体を持ち上げた媚熟女がこちらを振り向く。大きな瞳がうれしそうに輝いている。肉厚の唇から白い歯列が零れ、いつになく艶めいた表情を見せた。

「千鶴も興奮してきたみたい。圭一さんのおち×ぽがすごいからだわ。ドクンドクンおっぱいのあいだで脈打つのだもの……」

軽く上体を持ち上げていても、大きなふくらみの下方部が亀頭部に触れている。そのくすぐられているような感触でさえ、もどかしくも気持ちいい。

本当なら、たまらずに圭一は、自らの脇の内側に投げ出されている人妻の美脚に手を伸ばした。その美尻に取りつきたいところだが、嫌がられてしまうのが怖い。

やむなくそのふくらはぎに手を這わせ、スベスベの感触を味わった。

「あん。もう圭一さんたらぁ、私を感じさせたいの？　あまりいけない悪戯するのなら、お仕置きしちゃうわよ」

おどけるように言いながら、またしても千鶴は上体を前方に屈ませる。

手際よく肉柱を乳房で包み、左右から手をあてがって圧迫してくるのだ。

「うおっ！　千鶴さん……」

本格的にはじまったパイ擦りに、圭一は目を細めてその官能味を味わう。相変わらず手指で媚熟女のふくらはぎを撫で擦る。千鶴が拒まないことをいいことに、少しずつその位置を変え、太もも裏に及ばせた。

「んっ……。んふぅ、んんっ！　圭一さんの触り方、エッチね。ソフトなのにおんなを感じさせようとする熱が込められている……んんっ！」

美肌に触れられることを拒まないどころか、甘い喘ぎを鼻腔から漏らしはじめる千鶴。滑らかで透明感あふれる絹肌は人一倍敏感であるようだ。嬉々として圭一はその手指を媚妻の内ももに這わせた。

途端に、千鶴が「んんっ」と艶めかしく呻き、びくんと背筋を震えさせる。

「もう！　圭一さん、おいたが過ぎます!!　本当にお仕置きしちゃうわね！」

圭一を甘く詰りながら千鶴は、少しずつ上体を揺らしはじめた。

そそり勃つ肉柱に沿わせ、乳膚を擦りつけてくる。

「ぐおおおっ！　ち、千鶴さんっ。そ、それ最高です！　気持ちいい〜〜っ!!」

ローションなど必要ないほどすべやかな肌に、圭一が吹き零した先走り汁がなすりつけられると、さらに媚熟女のパイズリは熱を帯びる。

千鶴がタプタプと乳肌を戦《そよ》がせるたび、肉柱の上反りに擦れ、蕩けるような快感が湧き上がる。

「ああん、こんないやらしいことを人妻の私にさせるなんて……。夫にだってしたことないのよ。ああ、なのにどうしよう、千鶴興奮してきたわっ！」

たぷたぷ、ずちゃずちゃと乳房を揺らせ、懇ろに擦りつけながら、お尻を持ち上げて愛らしく左右に振っている。

太ももをモジつかせ、昂ぶる花びらを擦りあわせているのだ。

むろん丸見えの痴態に、圭一の興奮も一気にボルテージを上げる。

(すごい、すごい、すごいっ。千鶴さん、発情してるんだ！　上品な千鶴さんでも、発情するとこんなにエロくなるんだ……!!)

凛としていかにもキャリアウーマン然としていた姿と発情を露わにする千鶴とのギャップに、圭一は信じられないものを見せつけられている気がした。

けれど、いくら奔放な熟女ぶりでも千鶴の美しさには一点の曇りも見られない。むしろ、隠された本性を知るにつれ、彼女の魅力にどうしようもなく惹かれるのだ。

首を持ち上げて様子を窺っていた圭一には、彼女の疼きが手に取るように判った。

分身にコリコリと当たる感触は、勃起させた千鶴の乳首だ。

「ぐうううっ！　うおっ、うぐぐぐっ。くはおぉぉ～っ」

喜悦を漏らす圭一に、千鶴も息を弾ませ、乳房を揺らしている。胸元に、規則正しく顔をのぞかせる充血しきった亀頭が、ぬらついた白肌に淫らに映える。

「我慢しないでね。いつでも射精《だ》していいから……」

激しく甘いパイズリ、圧倒的な媚熟女の乳圧に負けた亀頭は、先端の小便穴を、ぱくり、ぱくりと開け閉めさせた。それを見て、何を思ったのか千鶴がさらに上体を沈み込ませるようにして、舌を伸ばし、あえかに開いた小便穴に固く尖らせた先端を、ずぷと浅く突き刺した。

「はぉ、あぁっ！」

あまりの気持ちよさに腰から力が抜け、放出しそうになる。かろうじて堪《こら》えられたのは、込み上げる千鶴への執着に過ぎない。

あえなく打ち漏らし、この甘い癒しが終わるのを恐れたのだ。

5

「ち、千鶴さん。俺も、舐めたい……！　千鶴さんのおま×こ、食べちゃいたい!!」

凶暴なまでの欲望に苛まれ、圭一は千鶴の太ももを外側から腕を回して鷲掴むと、手指に力を込めて、ぐいっとこちら側へと引っ張った。

「えっ？　いやぁ〜ん！」

力ずくで顔近くまで引き寄せると、おもむろに首を持ち上げワインレッドのクロッチ部に唇を押し当てた。

「ああ、ダメよ、そんないきなり。ああ、圭一さん、そんなことしないでぇ！」

顔を小刻みに振動させ、押し付けた唇を執拗に擦りつける。薄布越しに、縦割れを感じ取り、硬くさせた舌を食い込ませんばかりの勢いで繰り返しなぞった。

やがてワインレッドのパンティに、縦長の濡れジミが滲みはじめる。その部分をチュッパチュッパと舐《ねぶ》りつけると、淫らな水音が内側からも響きだす。

「あうん……あ、ああっ、ダメぇっ。そんなこといやらし過ぎるわ！」

切なく千鶴が呻いた。しきりに圭一が鼻を鳴らしているからだ。匂いを嗅がれていると知れたのだろう。恥ずかしさと共に、むず痒さとくすぐったさをない混ぜにしたような性感が、カラダの芯から湧き出しているはずだ。

「バレちゃいましたね。俺、匂いフェチなところがあって……。それにしてもすごいです。千鶴さん……。どんどんエッチな匂いが濃くなっています！　なんだか匂いでもち×ぽをくすぐられているみたいで、むずむずします!!」

気づかれたのならとむしろ開き直り、圭一は直接鼻を濡れジミにくっつけて匂いを嗅いだ。ついには、鼻先を縦渠のあたりに擦りつけたり、薄布ごと鼻梁を挿入する勢いで押しつけたりしていく。

「ひふっ……！　ああん、いやぁっ！　あん、あううっ……ひはあぁっ!!」

四つん這いの千鶴の頤《おとがい》が天に向かって突き上げられた。美しい背筋も同時にギュンと反り上がる。かと思うと、がくんと小さな頭が前方に落ち、弱々しく振られている。

「あぁ、ダメよ。圭一さんのエッチぃ！　はあぁあああああぁ〜〜っ」

悩ましい嬌声が、次から次に零れ落ちる。それに比例するかのように滴《したた》る透明な愛液が、薄布の下着から滲み出て、圭一の鼻先をねっとりと濡らした。

「ああ、すごい！　どんどんエッチな匂いが溢れてきます！　もうこれを脱がせてもいいですよね？」

昂ぶる圭一に、千鶴が自らの下腹部を覗くようにして、こちらの様子を盗み見た。

鼻を鳴らし獲物の匂いを愉しんでいた牡イノシシのような圭一と、ばちんと目が合う。あわてたように視線を逸らせる人妻の仕草が、ひどく可愛らしい。

ダメと千鶴が断らぬことを了承と受け止め、圭一はかろうじて細腰にへばりついている下着のゴムに手の甲をくぐらせた。

「圭一さんの目と鼻の先で、私のおま×こ晒しものにされるのね。恥ずかしいっ！」

「だって千鶴さんのおま×こを舐めさせてもらうには、パンティは邪魔ですから」

あらかじめ千鶴に、その願望は伝えてある。それを実行するために、脱がせるのだから何を今さらとの思いだ。

「わ、判ったわ。脱がせてもいいわ。約束通り私のおま×こを舐めさせてあげる」

許しは得たものの人妻の太ももが、ぶるると慄《おのの》いている。愛らしい爪先がベッドの上でギュッと折り曲がった。募る恥じらいを圭一のため、懸命に堪えているのだ。

「ありがとう千鶴さん……」

感謝を言葉にしてから圭一は、腰骨にしがみついたパンティを、太ももの付け根近くまで一気に降ろした。

つるんと剝き卵のような尻朶の全容が露わとなり、その中心に薄紫の菊座の姿が目に入る。そのすぐ下で息づく神秘の縦割れまでもが、部屋の灯りに晒された。

反射的に隠そうと背後に回された千鶴の手。けれど、すぐに思いとどまり、再び元の位置に戻されていく。なおも圭一がワインレッドの薄布をずり下げると、膝を持ち上げ、その美脚から抜き取るのを手伝ってくれた。

「ああ、ついに晒されてしまったのね。私、人妻なのにふしだらね……」

初雪が日に晒されて溶けるかの如く、いまにも消え入りそうな声で媚妻が恥じらう。

いくら気丈《きじよう》に振舞っていても、どれだけ年上であっても、おんなが秘部を晒すのは死ぬほど恥ずかしいに決まっている。だからこそ、この人と定めた相手にしか見せたりしないのだ。反対に、千鶴が許してくれたということは、圭一をこの人と見染めたという証しでもある。

「ありがとう千鶴さん。恥ずかしいのを我慢してくれて、本当にありがとう」

できるだけ優しい声で労《いた》わりながらも、その視線を媚妻の女陰に貼りつける。

途端に、圭一はハンマーか何かでガンと頭を殴られたような衝撃を受けた。

「ウソでしょう？　これが千鶴さんのおま×こ。千鶴さん、本当に人妻なの？　ここから娘を産んだなんて絶対にウソだよね？　こんなに新品みたいなのに」

圭一が疑うのもムリがない。それほどまでに千鶴の女陰は、新鮮味と美しさに充ちていて、とても経産婦のものとは思えない。

熟女のそれらしく、ちろっと舌を出したように肉花びらをはみ出させているものの上品に左右対称に整っており、一種神聖なまでにおんなの神秘を体現している。それでいて、その薄紫の粘膜は、溢れんばかりの蜜液に覆い尽くされ、テラテラとヌメリ輝いて、ひどく淫靡なのだ。

「娘を産んでいるのは事実よ。だから、新品なんて言ってもらえる資格は……。ああん、そんなにしげしげと見ていないで、舐めたいのなら早く舐めて！」

いつまでも恥ずかしい思いをさせられるより、いっそ舐められてしまう方がラクと思えたのだろう。

言い募りながら無防備に発情しきった牝妻が本能的に膣肉を蠢かせた。ヒクヒクと花びらが震えたかと思うと、肉壁が淫らに収縮をはじめ、さらなる蜜を搾り出している。あたり一帯により濃密な発情臭が香り立つばかりか、漏れ出した汁がツーッと糸を引いて圭一の胸板の上に滴った。

「ああ、こんなにお汁を垂らして、もったいないです！」

圭一は胸板にできあがったふしだらな水溜まりに指を伸ばすと、トロトロの淫蜜をすくい取り、自らの唇に運んだ。

甘酸っぱくも塩辛い蜜汁は本気汁らしく、濃い粘り気を含んでいる。

圭一がぺろりと舐めるその様子を、千鶴は羞恥に頬を染めながらも官能に潤んだ瞳でじっと見ている。

「濃いぃお汁っ！　すごく美味しいです。これ以上零れると本当にもったいないから全部飲んじゃいますね」

圭一はべーっと舌を伸ばし、ムチムチの太ももを両腕に抱え込み、さらにグイッと首を持ち上げて股間に口腔を張りつかせた。淫熱を孕《はら》んだ亀裂に沿って、ぞぞぞっと舐めあげる。ぬるぬるとした感触が舌先にまとわりついた。

「ひぅっ！　あ、あぅぅぅぅっ!!」

目いっぱい舌を伸ばし、唇から迎えるようにして、ねっとりと女陰を覆い尽くす。

「くふぅぅ……。あっ、あぁんんっ。圭一さぁんっ！」

しとどに濡れそぼる淫裂に顔を押し付け、伸ばした舌で蜜汁を採集する。反射的に熟妻の腰が引かれ、唇から逃れようとする動きを見せた。けれど、しっかりと圭一は太ももを抱え込んでいたため、張り付かせた唇が離れることはなかった。

「んんっ、ぁん……。んふぅっ、っく……。あっ、あっ、あぁんっ！」

尖らせた唇を媚肉にべったりと貼りつけたまま小刻みに顔を揺する。蜜液に覆われた花びらに唇粘膜を擦りつけては、淫靡な水音を立てていく。

婀娜っぽい腰つきが小刻みに震えている。滑らかな太ももの絹肌が、ぷつぷつと鳥肌立っていくのは、媚妻が感じているサインだろう。

それをいいことに圭一は、肉ビラを口腔に含むようにして膣口を吸いつけた。

「あああああっ!」

肉厚の唇が甲高い官能の叫びをあげ、女体が派手にひくついた。

「そんなに気持ちいいのですか? 普段、凛と澄ましているから判らなかったけど、意外に千鶴さん淫乱なのですね」

「いやよ。淫乱なんて言わないで。澄ましてなんかいないし……。あっつ、あああん……か、感じやすいのは認めるけれど……。あぁぁっ、す、すごいわ……本当にだめになってしまいそう……。頭のなかがぐるぐるして何も考えられなくなっちゃうぅ」

奔放に甘い啼き声を零し、美麗なカラダを身悶えさせる媚妻。圭一はさらに千鶴を乱れさせようと舌先をすぼめて肉孔にめり込ませた。

つぶつぶした肉壁の舌触り。密生した襞の一つ一つを舌先でかき分けるようにして、彼女の性神経を味わうのだ。

「ああっ、ウソっ! 圭一さんの舌が……。あっ、ああん、どうしよう。おなかの中まで舐められてしまうなんて」

圭一は比較的長いと自覚していた舌をずずっと膣孔にめり込ませ、レロレロと蠢かせる。

びくんと背筋をふるわせ、狼狽したように艶めかしい喘ぎを漏らす媚熟女。ほとんどすすり啼くようにして悦楽に痺れている。

「こんなに恥ずかしいのに、でも気持ちいいっ……。ああ、どうしよう。もっと、して欲しくなる。恥ずかしいのにもっとして欲しいのっ……あ、ああンッ！」

あられもなくおんなを蕩かす媚妻の嬌態に、圭一は信じられないものを見る思いがした。しかも、もう一押しもすれば、彼女は昇り詰めてしまいそうなのだ。

はしたなくもさらに美脚を大きく広げ、巨尻を左右に蠢かせて身悶える千鶴に、圭一は息を継ぐことも忘れ、その女陰を舐めしゃぶった。

ぶちゅっぶじゅるるっと淫らな水音が立ち、千鶴の鳥肌が背筋にまで広がっていく。

圭一は、そんな美妻の反応を細かく観察しながら、ひたすら粘膜を舐めしゃぶり、あたり一帯を唾と淫蜜でべとべとにした。

「美味しい……千鶴さんのエキス……。どんどん濃厚になっていきますっ！」

舌先で、花びらに伸びる無数の皺《しわ》をなぞっていく。そよぐ花びらの舌触りは、コリコリした貝を思わせる。塩気と酸味の効いた中に独特の甘みを感じるのは、媚妻の体臭が錯覚させるのだろう。

小刻みに腰をよじり、お尻を振っている媚熟女は、もはや一刻たりともじっとしていられない様子で、扇情的なよがり声をあられもなく部屋に響かせている。

「あっ、あっ、あぁ、あん……。か、感じる……あぁ、ダメよっ。あんまり感じ過ぎて、おかしくなってしまいそうっ！」

はみ出た肉花びらを唇に挟み、やさしく引っ張る。限界まで伸びきった肉ビラが、唇から離れ落ち、ふるるんと元の位置でわなないた。

「ひぅっ！　ゃあん、それ、ダメぇっ！　響くの。あぁ、淫らに響いちゃうの！」

戻る瞬間に峻烈《しゅんれつ》な電流に打たれるらしい。媚肉全体が淫靡にヒクついている。菊座がぎゅっと絞られ女体に緊張が漲る。ダメと言いつつ、次なる性悦に身構えているのだ。

媚妻の期待に応えるように圭一は、再び肉花びらを摘み取ると、甘く唇ですり潰しながら限界まで引っ張る。

「くひっ！　ああ、ダメっ、引っ張っちゃダメなの……きゃぅっ！」

つるんと滑り落ちた肉ビラが、またしても元の位置でわななく。今度は、先ほどよりも強く引っ張ったせいで、その震えも大きなものとなった。

「ああ、ダメって言ったじゃない。響くのが切ないのにぃ……」

一オクターブ高くなったアルトの声が圭一を甘く詰る。けれど、その声には大人のおんなの媚《こび》が妖しく滲み、全く圭一を咎めていない。

「でも、その切ないのが気持ちいいのでしょう？　その証拠に、ほらここっ！」

言いながら圭一は、自らの中指をちゅっぽと舐め、その湿った指の腹でちょんと〝その証拠〟を軽く小突いた。

「ひうっ！」

刹那に、短い悲鳴を上げる媚妻。圭一が小突いたのは、千鶴の女芯だった。肉のあわせ目にある敏感なその器官が、ムクムクとそそり勃ち「ここも触って」と自己主張していたのだ。

「千鶴さんのクリトリス……。こんなに赤く充血してます」

「あぁ、そこはしないで……。お願いよ……でないと私……」

しないでとの訴えは、裏腹に、して欲しいと求めているのだ。圭一は、正しく千鶴の内心を読み取り、ツンと頭を持ち上げる肉芽に狙いを定めた。ちょんちょんと指先で嬲《なぶ》り、その包皮をやさしく剝いてから分厚い舌の腹にコロコロと転がしてやると、ビクンビクンと鋭い反応が返ってきた。

「ひやぁっ、ああ、ダメぇぇぇっ！　ほおおおっ、あっ、あっ、あぁあぁあんっ！」

艶めかしい本気の喘ぎを漏らす淫妻に、なおも舌先で舐め転がしながら、そのまま無防備な膣孔に指を挿し入れる。

入り口の花弁を掻き分け、濡れ具合を確かめつつ、ゆっくりと中指を埋めていく。めしべの周囲を舌でこね廻し、同時に中指で膣肉をくちゅくちゅとかき回すのだ。

「はあぁ、ん、んんっ！　おうぅっ、け、圭一さん、ダメよっ、指を入れたりしちゃいやぁぁっ!!」

ぶるぶるぶるっと太ももが震え、圭一の頬をやわらかく擦った。悩ましい腰つきが高く掲げられたり、ガクンと落ちたり、ひと時もじっとしていられずに、間もなく気をやりそうなのは明白だった。

ここぞとばかりに圭一は、再び女陰全体を唇で覆い、肺活量いっぱいにぢゅちゅるるるっと吸いつけた。

「ひうんっ！　ああ、そんなっ……いま、吸われたら……あうっ、ほおぉぉっ……だ、ダメよ……。ああ、ダメ、ダメっ！　もう許して……。千鶴、イッちゃいそう……」

うれしい告白に、圭一は脳髄まで痺れさせた。

見境を失くし、ただひたすら媚妻のイキ様を見たくて、再びずずずっと淫裂を吸い上げた。

「あはあっ、本当にもうダメなの。圭一さん。ああ、圭一さぁぁ〜ん！」

追いつめられ、身を捩り啼き叫ぶ媚熟女。圭一は恍惚《こうこつ》の表情で、その愛蜜を飲み干している。

指先では肉芽を捉え、熱い快楽の源泉をゆらゆらと刺激しつづけている。舌先は花びらをしゃぶり、膣肉を舐めすする。それに応えるように美妻の腰は淫らに悶えている。はしたなく肉悦のダンスを踊り狂うのだ。もう自分のカラダではないかのようにコントロールを失っているように見えた。

「ああ、イクっ！　千鶴、イッちゃうっ。イク、イク、イクぅっ！」

膣奥から飛沫《しぶき》を飛ばし、どっと本気汁が吹き零される。

絶頂に打ち上げられた女体が、ぶるぶると震えた。

間欠泉のように噴き上げる愛液が、一斉に圭一の顔に降り注ぐ。

「あああああああぁぁ〜〜……っ！」

ぶるぶるぶるっと派手に背筋を震わせながら、甲高く千鶴はイキ啼く。

ぶっしゅううーっと噴出した多量の潮液を圭一は、忙しく舌先でぴちゃぴちゃっと口腔内に運ぶ。

愛液とも異なる透明な汁には、海のような塩辛さがひとしおだ。それをごくりと嚥《えん》下《げ》すると、腹わたの奥がカアッと熱くなった。

6

「もう限界です。千鶴さんが欲しいっ！　挿入《い》れさせてください……」

圭一の体の上に美麗な女体を突っ伏したまま息も絶え絶えにイキ乱れ、動けずにいる千鶴。美しい肢体のあちこちがビクンビクンと淫らにヒクついている。

けれど、媚妻は慰めてくれるとは言ってくれたものの、それがどこまでのことを許容してくれるつもりなのかは、明かされていない。

人妻であり母でもある上に、社会的にも大手企業の管理職にいる千鶴が、全てを失いかねない危険な情事に身を任せるとは思えない。

むろん圭一も、大きなリスクを背負っている。その立場を利用してディーバを我がものにしたと糾弾《きゅうだん》されれば、たちまちのうちに窮地に立たされる。それも千鶴だけならまだしも、既に沙耶とも関係を結んでいるのだから申し開きは立たない。

失うものの大きさは千鶴とは比べ物にならないものの、ようやく開けはじめたフリーライターとしての未来が閉ざされかねないのだ。

そうと判っていながらも、なおも圭一は求愛せずにはいられなかった。それほど、千鶴の魅力に骨抜きにされていた。

「千鶴さん。俺、すっかり千鶴さんの魅力に嵌まりました……。千鶴さんが欲しくて欲しくて堪りません。お願いします。こいつを挿入《い》れさせてください！」

疼きまくる肉塊を握りしめ圭一は、素直な気持ちを千鶴にぶつけた。いい年をして何と無様《ぶざま》な求愛であろうかと自分でも呆れている。けれど、その分ウソ偽《いつわ》りのない気持ちをまっすぐに伝えたつもりだ。

「ああ、圭一さん……」

圭一の求愛を浴びた美人妻が、イキ余韻に力の入らない女体をノロノロと持ち上げた。ゆっくりと向きを変えた極上女体が、またしても圭一の上に覆いかぶさってくる。

「慰めてあげるつもりでいた千鶴がこんなに乱れてしまうなんて恥ずかしいわ。圭一さんの逞しいおち×ぽを迎え入れたら、きっとまたすぐにイッてしまうと思うの……。いいえ、さっきよりももっとはしたなく乱れるわ。そんな私でもいいのなら、このままセックスしちゃう？」

小さく潜《ひそ》められた声は、まるで恥辱から洩れるよう。まさか千鶴がＯＫしてくれるどころか彼女の方からも誘ってくれるとは思わなかった。つまり、それほど媚妻も女体を火照らせ期待していたのだと悟り、圭一の興奮が急激に増した。

「させてください。俺、どうしても千鶴さんとしたいです！　そしてこのち×ぽでも千鶴さんを絶頂させてみたいです……。だから、むしろイキ乱れてくれるのは願ったり叶ったりと言うか、最高にしあわせと言うか……。ああ、千鶴さんに挿入できると思うだけで、ち×ぽが疼いて！」

今一度、圭一は求愛しながらも、大きく屹立させた自らの分身に手をやり、ずるりと擦った。途端に湧き起こる快感電流に、さらに自らを奮《ふる》い立たせ、ゴージャス極まりない熟れ女体を突き上げる。

むろん、未だ挿入されないままに美熟女を腰の力だけで持ち上げ、煮えたぎるセックスへの衝動を露わにした。

「あぁん。圭一さん凄いわ……。そんな逞しさを見せつけられたら望んでしまうじゃない。今度はこのおち×ぽを咥えたおま×こを力強く突き上げて欲しいって。とっても気持ちいいでしょうね……。いいわ。もう待てない。千鶴から挿入《い》れちゃうのだから……！」

お腹の上に座り込んだ媚妻が、じりじりとその位置を後退させる。やがて、圭一の勃起は千鶴の素股に挟まれ、その裏筋に肉土手がぴたりと寄り添った。

「ああ、圭一さん……」

口元に艶冶な微笑を浮かべた美熟女が、圭一の唇に同じ器官を近づけてくる。

「ち、千鶴さん！」

間近に来た朱唇を求め、圭一も顔を寄せる。セクシーでボリューミーな唇を押し当てられた途端、ばちんと電流が脳内に爆《は》ぜた。同様の現象が千鶴にも起きたらしく、「むふん」と喘ぎつつもしなやかな両腕が首筋に回される。

「ぬふっ、んくっ、け、いちさ……んんっ、んっ、ふむん」

あえかに開かれた媚妻の口腔に圭一は舌を挿し入れ、思う存分舐め啜る。歯茎や頬の裏をくすぐり、上あごの裏までほじり返す。淫靡な粘着質の音を千鶴の頭蓋に響かせ、脳味噌まで舐めつくす勢いで貪った。

空いている手指は、すかさず淫妻の白い背筋に這わせる。込み上げる熱い想いを伝えるべく、その手つきもねっとりと熱い。

「んくっ、いぁ……ほおおっ……はむん……っあぁ……はふう、ほうおおっ……んふっ、ふむうぅ、はあ、はあぁ、あ、ああっ！」

熟女の口角をつーっと滴り落ちる唾液。圭一は、唇を尖らせて銀の雫を追った。じゅるじゅるっと吸いつけ、もったいないと貴重な蜜汁を舐め啜る。

「ふむん……はふう……んくっ……んん、あうぅううっ」

くぐもった悩ましい喘ぎを媚妻があげるのは、自ら腰を振り肉勃起に花びらを擦りつけているからだ。内奥からぢゅわぁぁっと溢れさせた蜜液で、牡獣の分身をべとべとにさせている。

「千鶴は、淫らね。圭一さんを慰めるなんて言い訳をして……。私が欲しくなっているのに……。でも、慰めてあげたいのは本音なのよ。千鶴を見つけてくれた圭一さんだからしてあげたかったの」

奔放に振る舞っていても、年上ぶっていても、千鶴はやはりおんなだ。いざとなると、怖じけもするし、恥ずかしさも募るのだろう。その可愛いおんな振りに、たまらず圭一は勃起をビクンビクンと跳ね上げた。

「早く。俺、もうたまりません！」

細腰だけを軽く持ち上げ、二本の脚を大きく開いていく熟妻。圭一の腰部に跨ったまま灼熱の勃起に手を伸ばし、自らの女肉の狭間《はざま》に導いてくれる。涎と愛液にしとどに濡れそぼる媚肉の帳《とばり》が、みちゅっと切っ先に触れた。

「うっ……！」

性悦に貫かれ、媚妻が短く喘ぐ。一瞬のためらいの後、ゆっくりと細腰が、その位置を沈めた。

「つく……んん、ほううぅぅ～～っ！」

ヌプッと亀頭が嵌《は》まると後は腰全体を重力に任せ、ズズッと肉幹を呑み込んでいく。けれど、人一倍大きな肉柱は、一気に呑みこめる代物ではないはずだ。

「あっ、ああん、ああああぁぁぁっ！」

思い切ったようにさらに腰を沈み込ませながら、本気の牝啼きを漏らす媚女。

お腹の中を占めていく異物感は、いかばかりのものか。男性の圭一には、想像に余りある。けれど、苦しみばかりではなく快の電流が、ぞくぞくと女体に押し寄せているらしいことは、その艶貌からも伺うことができた。

「あはぁっ、き、気持ちがいいわっ……。苦しいくらい大きいのに……こんなに拡げられているのに……ああ、感じてしまうっ！」

「俺も、いいです。ああ、千鶴さんは最高のおんなです！」

本能的な肉体を満たされる歓び、一つに結ばれる幸福感、おんなを褒められ承認欲求を充たされる悦び、それらの想いに女体が迎合するらしい。

苦悶と快楽を複雑に滲ませた美貌が穏やかに緩み、代わりに早くも絶頂を迎えるかのような恍惚とした表情が浮かび上がる。

「んあぁっ……くふぅっ、あっはぁっ！」

朱唇がほつれ牝獣の熱い咆哮《ほうこう》を吹き零す。

「あぁっ、本当に気持ちいいっ……。ひぁぁっ、う、うそ！　千鶴……イキそう……挿入しただけで……イッちゃいそうよっ！」

白い歯列をがちがちと噛みならし、折りたたんだ美脚をぷるぷると震わせている。ウェーブのかかった髪の一条を唇に咥え、途方もなく扇情的な嬌態を振り撒《ま》くのだ。

「ひうん……あはあぁ……ダメっ、本当にイクわっ、圭一さんが、お腹の中に挿入《はい》るだけで……千鶴、イクぅっ!!」

千鶴同様、圭一にも、凄まじい快感が押し寄せている。生温かい女陰は、驚くほど具合がいいのだ。肉厚の膣肉がやわらかく隅々まで包んでくれるばかりでなく、奥深くまで肉棹を呑み込んでは複雑なうねりで絶えず蠢動し、様々な角度から締めつけてくる。

「うぐっ！　ち、千鶴さん、やばいです。そんなにおま×こ、蠢かさないでください。やるせなくなってしまいます！」

膣畔《ちつあぜ》の蠢動に目を白黒させながら、押し寄せる快感を懸命に堪える圭一。けれど、それ以上にうねくねる極上媚肉が、甘くしゃぶりつけては、ムギュリと締め付け、かと思うと繊細な擦りつけで圭一の余命を奪っていく。

「あん、だって圭一さんのおち×ぽが凄すぎるから……。その逞しさに千鶴は乱れてしまうの……。蠢いてしまうのだって、何度もイカされてしまうからで……ああ、どうしようっ……つく……またイッちゃいそう……はうんっ……あはぁ、んんっ……イ、イクの止まらないのよぉぉ～～っ!!」

糸の切れた操り人形のようにガクンガクンと女体がさらに痙攣した。圭一のお腹にあてていた手から力が抜け落ちたせいで、ただでさえズッポリと嵌まっていたはずの亀頭がまるで剣山のように、なおも垂直に媚肉を掻き分けて最奥にまで辿《たど》りついてしまった。

「おおん、おおっ、お、奥まで届いてるぅ……あっ、ぁああ、千鶴の奥が熱くっ！」

美熟女らしい完熟の肉体は、千鶴の精神から乖離《かいり》して、敏感に官能を甘受している。女体の全てを性悦を感じ取る器官に変え、貪婪《どんらん》に感じまくるのだ。その妖しい乱れように、圭一はある種の感動を覚えながら魅入られていた。

娼婦と淑女の二面性を自在に使い分け、時に男を誑かし、時に翻弄し、そして時に癒してくれる。いいおんなとは、そういうものだと聞いていた。

けれど、正直、圭一にはその魅力がよく理解できずにいたのも事実。むしろ、そんなおんなは、男に迎合するばかりで自立できていない愛玩人形のように思えていたのだ。

けれど、千鶴は、まさしく淑女の慎みと娼婦の妖しさを兼ね備えていながら、しっかりと自立して颯爽《さっそう》と世の中を渡っているおんなだ。

男におもねるのではなく対等の立場であるからこそ、恐れることなく素の自分をそのまま曝《さら》け出すことができるのだろう。

「ああ、すごいです。やっぱり千鶴さんは、いいおんななのですね。その肉体も、精神も……。ううっ、お、おま×こも最高です！」

凄まじい興奮とたまらない快感に、抑えきれない衝動が圭一の腰をぐいと持ち上げさせた。同時に、くびれにあてがっていたその手を美熟女の尻朶に移し、力任せにぐいと引きよせた。

「ひゃうぅっ！　ぁああ、ダメっ、そんなのダメぇっ……奥が切ないぃ～っ!!」

勃起の付け根を骨盤底に密着させ、尻肉を引きつけたまま力強く揉みしだいた。

「あううっ、お、お尻っ……ゃん、んっ、ふぁぁぁっ……ダメっ、お尻、揉んじゃダメっ、擦れるのおち×ぽが、奥の気持ちのいい場所に擦れてるぅぅ～～っ！」

はじめ千鶴が何のことを言っているのか判らないまま、なおもグイグイと勃起肉を押し出していたが、そのうちに亀頭部がとあるコリコリした部分に擦れている感覚がようやく判った。

ポルチオセックス——。その言葉がふいに脳裏に浮かんだ。

医学的にはポルチオと呼ばれる体の部位はない。世界的にもそう呼ぶのは日本だけと聞いている。けれど、事実としてポルチオと呼ばれる部位はおんなの性感帯として存在する。

いま圭一が図らずも亀頭部を運んだ場所が、千鶴のポルチオ性感帯であるらしい。

「あっ、あっ、ああっ、奥が、ああ、奥が……。こんなの知らない……。感じ過ぎて頭の中が真っ白になってしまうわ」

媚妻でさえはじめての感覚は、圭一の肉柱が長大であるがゆえに届いたからであろう。それも千鶴が熟女であったがために未開発のポルチオでも感じることができたのだ。騎乗位の交わりであることも多分に影響している。

「ここ？　ここがそんなに感じるのですか？　ちゃんと当たっている？」

「ああん、凄いわ。ねえ、凄いの……。ええ、当たっているわ。そこ、そこ。そこなの……ああ、イクっ！　千鶴、またイクぅ〜〜っ！」

亀頭部がポイントに擦れるムニッとした感触を確かめながら、イキ乱れよがり狂う媚妻の嬌態をうっとりと見つめる。

けれど、圭一にも最早余裕はない。千鶴がイキ貌を晒すたび、その膣肉がむぎゅうぅッと肉柱を食い締めて、圭一の崩壊を促すからだ。

「ああ、千鶴さん気持ちいいです。いやらしくうねくりながら、素晴らしい締め付けで食い締めてくるから！」

切なく込み上げるやるせない衝動を、身悶える媚妻の乳房にもぶつける。下方から掬い取り、そのつるすべの感触を愉しみつつ、きゅっきゅっと揉みあげた。

「あっ、おっぱいも感じる……。はううっ……また、きちゃう……ああ、イク、イク、イクっ！　千鶴、イ、クぅぅ～～っ！」

頤を天に突き出し、瀧水を浴びる天女のように、悦楽に身を浸す千鶴。官能味溢れる背筋がぐっとのけ反っていく。押し寄せる絶頂に、白い肉体のあちこちがヒクついている。

「千鶴さんまた、イッたのですか？　俺もイキたいです。もう限界！　ねえ、腰を振って！　動かしてください!!」

最早、やせ我慢もままならなくなった圭一は、媚尻に回した手で、ぐりぐりと女体を引き寄せるようにして促した。肉感的な割に軽い体重が移動すると、媚膣もずずっと動き、圭一にたまらない快感電流を浴びせてくれる。

その一撃で、やるせない射精衝動が波立ち、圭一に見境をなくさせた。焦れるようなもどかしさに、自らも腰を振り、媚妻の女陰に上下動させる。

「あんっ！」

それを機に、鞭打《むちう》たれたかのように千鶴も、ゆっくりと腰を前後に揺すらせていき、湧き起こる抗しがたい官能に自らの乳房をまさぐっている。

しかも、牝本能が種付けを求めるのか子宮口がぐっと降りてきて、しきりに鈴口を擦る。まさしく極上の媚肉が一斉に襲い掛かり、圭一を追い込んでくるのだ。

「うぐっ……千鶴さん。ああ、今の気持ちいいっ……そう、それ、ぐりぐりってお尻を押し付けるような……ぐうぉぉっ……最高ですっ！」

繊細な黒髪をおどろに振り、扇情的な眺めに彩りを添えている。太ももの上を滑る艶尻の肌触りも気色いい。まるで上等な絹布で擦られているかのようだ。

「あんっ、あんっ、ああっ、ああん……！」

朱唇をめくりあげ、甲高い声をスタッカートさせる艶妻。蜂腰を持ち上げては勃起肉を双尻に沈みこませる。ムチムチの太ももと若鮎の腹のようなふくらはぎが緊張するたび、膣肉がむぎゅぎゅっと締めつけてくる。

「ああ、こんなこと本当にダメなのっ……切なすぎるわ……切なくて、またイキそう……千鶴、こんなにイクのはじめてよ！」

ぢゅぶん、ぐちゅ、ぢゅちゅっ、にちゅっと、次々にふしだら極まりない水音を立てるのは、自身の淫らな腰つきであると自覚しているのだろう。うわごとのように「ダメっ、ダメっ」と繰り返し、内心の葛藤と羞恥を吐き出している。それでいて振幅の速度も範囲も、どんどん大胆なものになっていくのだ。

「ぐわぁぁっ、千鶴さん！　俺ももうイキそうです!!」

千鶴の腰つきに合わせ、ぐいぐいと腰を押し出しては、蜜壷を勃起肉で掻きまわした。

「ひうん…あ、ああ、いやぁ……そんなに揺すぶられると、またイッてしまう！」

強引なほどの揺さぶりで膣内を攪拌《かくはん》する。円を描くような腰の動きに遠心力まで作用させ、蕩け切った膣肉を振りまわした。

「あううううっ……揺れるっ……はおぉっ……子宮が、揺れちゃううう〜っ！」

口から火が飛び出しそうなほどの熱い悦楽が、牡牝の性器が激しく擦れるたびに湧き上がる。轟々たる官能が、二人の肉体を溶け崩れさせる。

「ぐわあああぁぁっ、ち、千鶴さん……射精《で》る。もう射精《で》ますっ!!」

終焉《しゅうえん》を告げられた千鶴が、その手助けをしようと腰の打ち振りを大きくさせた。

啜り啼きを漏らしながらの淫らな腰つきに圭一は、しどけなく上下する胸元に掌を伸ばして乳房を力任せに揉みあげた。

「あふうん、ああっ。はあああああぁぁぁんっ！」

喜悦に身悶えし、媚妻が幾度も昇りつめている。ひくひくと女体のあちこちを痙攣させ、狂おしい悦楽にわなないている。それでいて圭一を射精に導くことを忘れずに、健気《けなげ》にも細腰をくねらせるのだ。

「ぐおおおっ……でっ、射精《で》る！　ち、千鶴さぁん……っ!?」

射精発作に肉柱を胎内で跳ね上げ、発射準備が整ったことを告げた。

「ぶあぁぁっ射精《で》るっ！……射精《で》るううううううぅぅぅ～～っ！」

圭一は限界にまで引き絞っていた菊座を一気に緩めた。刹那に、熱く凶暴な迸りが尿道を駆け抜け、怒涛《どとう》の射精がはじまった。

どぷっ、どびゅっ、どぴゅるるるるるっと夥しい精液を媚熟妻の胎内に撒き散らす。受け止める千鶴もまた受胎本能に絶頂へと誘われたのか、女体を突っ伏して圭一の首筋にひしとしがみつき、兆《きざ》しきった声で啼くのだ。

「ああっ、あおぅぅ……ほううううぅっ……あはぁ、あああぁんっ!!」

満足を知らぬ肉柱が、なおもびゅびゅっ、びゅびゅびゅびゅっと吐精を続ける。玉袋に溜められた全ての白濁《はくだく》を吐き出す勢いだ。

「あはあぁぁ、あ、あぁあぁあっ……。い、いっぱいになる……千鶴のお腹の中……圭一さんの精子で……いっぱいにっ！」

圭一の腹上で、淫妻は全身をぶるぶると震わせ、骨も、肉も、神経も、心までも蕩かしたかのように連続絶頂に溺れている。

「ハァ、ハァっ、ハァっ！　ど、どうだったかしら。圭一さん。千鶴とのセックスで癒されたかしら？　少しは慰めになってくれるとうれしいのだけど……」

「ありがとう。千鶴さん。沁みました。千鶴さんのやさしさと愛情をたくさんもらえました。お陰で癒されたどころか、しあわせを味わわせてもらえました!!」

未だ胎内で肉棹を跳ね上げながら圭一は心からの感謝を述べた。

すると首筋に絡みついていた細腕に、圭一は顔を引き寄せられた。肉襞の一枚一枚に刻まれた絶頂の余韻に浸《つ》りながら、美熟女は情感たっぷりに口づけをくれるのだった。

第三章　熟れ媚肉の人妻

1

「ああ、千鶴はいけないおんなね……。一度だけと決めていたのに、圭一さんを忘れられなくて……。お願いよ。もっと強くして……。ああ、そうよ、もっと激しく……ああ、いいわ……。ああ、いいっ！」

媚人妻の切ない嬌声が部屋いっぱいに響き渡る。

シティホテルの一室とはいえ、この喘ぎ声であれば隣の部屋にまで届いていて不思議ない。千鶴とてそれは承知のはずだが、それでも憚ることができないくらいに感じているようだ。

取材のやり直しを口実に落ち合った二人は、まるでその目的が再びの情交であったかのように、結局また先日と同じホテルの一室に籠っている。

部屋に入るなり互いの口唇を求めながら、もどかしく着ているものを脱がせあう。

「千鶴さん。こうしたかった。千鶴さんを抱いた後、すぐにまた千鶴さんが欲しくなって……。千鶴さんのま×こって禁断症状が起きるのですね」

「圭一さんこそ……。千鶴のおま×こは、すっかり圭一さんのおち×ぽを覚え込んだから、このおち×ぽでなくては満足できなくて……」

互いが互いをしっかりと抱き締めながらベッドになだれ込み、ろくに前戯もないままに、また性器同士を緊結させた。

「あっ、ああん、圭一さん、やっぱり素敵っ！　ああ、いいのぉ……っ!!」

肉柱を挿入された途端、まるで安堵したように蕩けた表情を浮かべる牝妻。圭一もまたしっかりと媚肉に剛直を咥えさせ、唇の端から涎を垂らして喜悦に酔い痴れている。

しかも、官能の源泉である蜜壺に漬け込んだ途端、濡れそぼる肉襞にすぐにやるせない気持ちにさせられて、ミリ単位のスローペースで抜き挿しを開始せざるを得なくなる。

「んふぅっ。あっ、あっ、あぁ、奥までほじって。圭一さんに奥をほじられるの千鶴は大好きなの！」

普段は絶対に見せないであろうおんなの艶貌を、千鶴は圭一に抱きほぐされて晒している。その確信が圭一の男心をたまらなく刺激した。

「千鶴さん。ああ、相変わらず、この締め付けがたまりません……。それにこの匂いっ！　牝が熟れ切っているからこんなに匂うのですね」

透明度の高い美肌のあちこちに鼻を直にくっつけ、熟牝のフェロモン臭を嗅ぎまくる。

この首筋、この胸、この尻、この匂いがたまらない。

言葉は悪いが、牝が極限にまで熟れ、腐る寸前にあるからこそ、強烈な牝臭を放ち、おんな盛りをしきりにアピールするのかもしれない。

アラフォーにあるカラダのラインも崩れる寸前、奇跡的なバランスで保たれているからこそ、信じられないほど肉のあちこちがやわらかく、官能的な抱き心地を味わわせてくれるのだ。

まるで女体そのものが「受粉するには、いまが旬《しゅん》、これを逃すと散るばかり」と訴えているかのよう。

（ああ、だからこんなにエロいんだ。近くに寄っただけで、立ちどころに誑かされてしまう……！）

圭一はそんな失礼なことを思いながらゆったりと腰を律動させ、顔をもう一つの蠱惑へと運んでいく。マッシブにもユッサユッサと揺れまくる肉房が、ここも触ってとばかりに圭一を誘うのだ。

「まるで俺は、蜜液に誘われる蜂ですね。熟れた千鶴さんの肉花びらにたまらなく誘われてしまうんだ。そして、この蜜房にも！」

口を大きく開け、純ピンクの乳首にしゃぶりつく。ちゅるんと口腔に引き込んだだけで、ビクンと女体がヒクつき、乳首がムリムリッと勃起していく。

「あはん！　ああ、千鶴の乳首、感度が上がっている。こんなに敏感になるのはじめてよ。浅ましいくらいに感じちゃうの！」

もう一方の媚巨乳を掌に鷲掴み、ツンと充血している乳萌ごと、力強く揉みしだく。立て膝した可憐な足指が、甘い心地よさに小さく丸められる。

「あぁんっ。おっぱいぃっ……ああ、そんな強く……くぅ、んんっ」

圭一の腹部には、べったりと媚妻のお腹の肌理《きめ》肌がくっついている。その滑らかさには、ただ触れているだけで桃源郷へと導かれてしまう。

美熟女の肉体のどこもかしこもが蠱惑を含有し、圭一を悩殺してやまない。

もしかすると千鶴は、いまこの瞬間にもおんなを開花させ、圭一を悦ばせようとしているのかもしれなかった。

圭一の巨根を難なく奥まで咥え込み、牡汁を搾り取ろうとするのがその証拠だ。

「千鶴さんの蜜液を採取する蜜蜂には、もうひとつ役割があります。淫花に受粉させる役割が……。だから俺、牝花に受粉させなくちゃ。千鶴さんを孕ませなくちゃ！」

圭一に受胎を告知されても、器量のいい細腰をくなくなと扇情的に打ち振る千鶴。肉悦に油断を禁じ得ぬまま、ふしだらに自分を解放しているのだ。

「ああっ。イッちゃう！　そんなに激しくされたら千鶴、イクぅ〜〜っ！」

うねくねる肉畔をズックズックと掘り起こしては、受胎させる牝畑を耕していく。

奥ばかりを叩くのでは熟牝には単調であろうと、揃えた美脚を抱きかかえ、もうひとつの啼き処にも肉の蛮刀を当て擦りする。

「ひううっ。あっ、ああ、そこ痺れる……。あっ、あっ、ああっ……痺れるぅっ！」

媚妻が牝啼きする膣性感を探り当てては、せっせと律動させる圭一。何度でも淫妻を絶頂させたい。イキ狂わせたい。美熟女を圭一のち×ぽ中毒にさせて、二度と離れられなくさせたい。

込み上げる劣情をエネルギーに圭一は、力強くもひたむきに千鶴を嵌め狂わせるのだ。

「あはぁん、ダメよ。千鶴狂っちゃうぅっ！　あん、あん、あんっ。またイキ止まらなくなっているわ。あぁ、圭一さぁぁ〜んっ！」

奔放によがり啼く千鶴。最早、圭一に隠すことなど何もないと、ふしだらなまでにおんなのすべてを晒してくれる。

圭一もまた千鶴というおんなの全てを知ってしまったがために、もう彼女なしでは死んでしまうと心も体も飢餓するようになっている。

それこそ思春期の頃のような性への渇望が蘇り、何度射精しても媚妻が欲しくてたまらない気にさせられている。否、凄まじい満足と共に射精しても、すぐにまた飢え渇き、千鶴が欲しくてたまらなくなるのだ。

「あん。圭一さん。どうしてこんなにいいの？　ずっとこうしていたいのに千鶴、壊れてしまいそうで怖い。ああ、狂ってしまいそうで怖いわ……！」

「狂ってしまうとどうなるのです？　いやらしい千鶴さんは、沢山見てきましたよ。これ以上、どうなるというのですか？」

「ち、千鶴が狂うと、本当に圭一さんから離れられなくなってしまう。ずっと嵌め続けて欲しくなっちゃう。圭一さんのち×ぽ狂いになるの」

凄惨な牝貌。これほど発情を露わにしたおんなの貌をはじめて見る。呆けたような、甘えたような、蕩けているような、夢を見るような。美貌をトロトロにして、真っ赤に紅潮させ、牝が堕ちるとはこういうことなのだと、ついぞ圭一は知らずにいたおんなの本性を垣間見る思いがした。

「そんなに俺のち×ぽが好きですか？　俺のち×ぽがいいのですか？」

「……えぇ。好きよ。圭一さんのおち×ぽが大好きなの。熱くて、硬くて、ゴリゴリしていて……えぇ、大好きよ！」

いよいよ美熟女は、欲情を露わに自らも艶腰を揺すりはじめる。圭一の律動にシンクロさせて、ふしだら極まりない腰つきを披露するのだ。

「ああぁ、いいわ。してぇ……。奥も、浅い所も、全部に火が点《つ》いてるの……。あぁん、いいっ！　おま×こいいのぉっ‼」

まさしく痴《し》れ狂ったかのように蜂腰を振る媚妻。凄絶に痴態を晒す千鶴に負けじと圭一も腰を前後させていく。

「狂わせてあげますよ。いつも、いつでも。千鶴さんを嵌め狂わせてあげます。だから、俺のおんなでいてください。ずっと俺のち×ぽ中毒でいてください！」

切なく求愛しながら圭一は、千鶴を堕とすべく、その膣孔を犯し続ける。

自立したおんなである千鶴は、結婚にさえ縛られることなく、凛としてそこに咲いている。誰に手折られようとも、誰のものでもなく、堕ちそうで堕ちてしまわないところが千鶴らしさでもある。だからこそ、たまらなくハマるし、追いかけたくなるのかもしれない。

「圭一さんのおち×ぽ、千鶴好みよ。抗うことができないくらい大好きなの！」

それが千鶴の魅力と知りながらも、なお圭一は狂おしく求愛をする。

彼女が自分のモノにはならないことを知りながら求めてしまうのだ。抱え込んだ出口のない矛盾をぶち壊したくて、なおも激しく圭一は抜き挿しをした。

「はあああああぁ……。いいわ。いいのぉ……ああ、イクっ！　千鶴イクっ！　ねえ、圭一さんもイッて！　一緒にイッて？」

「ダメだよ。千鶴さん、一人でイクんだ。ほら、イッて！　イケっ、イケっ、イケぇ〜〜っ！」

「いやぁ、一緒にっ。ダメ、ダメなの！　あっ、ああんダメなのにイッちゃうぅ！」

揺さぶる蜂腰がビクビクンと震え、浅ましく絶頂する。

「は……ああ…あっ。いいっ、イクっ！　あはあああああぁ〜〜っ！」

これまでとは比べ物にならないほど大きな絶頂に達したらしい。甲高く泣き叫んでいた声が、ついには絶句して、白目さえ剝いている。

ぐっと喉の奥に息を詰まらせ、酸素不足に口をパクパクさせている。

きゅうきゅうと牝膣が肉柱を締め付け、射精を促してくる。圭一も、千鶴のように
「くっ!」と息を喉奥に詰め懸命に耐えた。

降りてきた子宮口に白濁液を吹きかけたいのはやまやまだが、イキ極めた牝膣に追い打ちピストンをかけてやりたいつもりもあって、懸命にやせ我慢した。

けれど、その圭一の目論見は、見事なまでに外されてしまった。

肝心の千鶴が、イキ極めたまま失神してしまったのだ。

「嘘だろう? だったら、射精《だ》してしまえばよかった……。ねえ、千鶴さん。千鶴さんってばあ……」

千鶴の頰を軽く叩いても何の反応もない。やむなく圭一は、媚膣から肉柱を抜き、愛しい人妻のほつれ毛をやさしく手指で梳《くしけず》った。

2

「あの……。こちらの一方的な想いで、迷惑かとも思うのですが……。この取材が終

わるともう詩織さんとも会えなくなるので……。だから、その……」

取材終わりに遅いランチを取り、締めのコーヒーが運ばれたのを機に圭一は口を開いた。なけなしの勇気を総動員して、その想いを切り出したのだ。

その背中を押してくれたのは、誰あろう千鶴だった。

「圭一さんはちゃんとその人に想いを告げなくてはダメよ。きちんと想いを吐き出さずにいると、また気持ちが塞いでしまうわ。大丈夫。想いを告げられて気を悪くするおんななんていないから」

愛情たっぷりに慰めてくれた上に、言葉でもそう勇気づけてくれる千鶴のお陰で、圭一は少しだけ心の障壁が低くなったことを感じた。

「分別ぶって諦める必要なんてないわ。たとえ相手が人妻であっても、想いを告げることは罪にはならないのよ……。うふふ。第一、圭一さんはこうして人妻の私ともっと罪なことをしているでしょう？」

その千鶴の言葉には、正直、ハッとさせられた。その通りなのだ。既に圭一は、千鶴ばかりでなく沙耶とも関係を結んでいる。

詩織が人妻であるからと躊躇《ちゅうちょ》するのであれば、千鶴や沙耶と結ばれる時にも躊躇《ためら》うべきであったはずだ。

要するに圭一は、常に自らを安全な場所に置き、都合よく立ちまわるばかりで、肝心な時に傷つくことを怖れて行動を起こさない臆病者なのだ。

賢い千鶴だから言葉をオブラートに包んでいるものの、やんわりと圭一にそう気づかせてくれたのだ。

「でも、好きだと告げることに何の意味があるのですか？　一時の感情を押し付けられても迷惑なだけでは……」

それでもなお踏ん切りの付かぬ圭一は、なおも千鶴に問いかけた。

「誰かを好きになるには、それだけエネルギーが必要でしょう？　そのエネルギーって、伝わるものだと思うの。好意を伝えるということは、相手にパワーを与えることでもあるのよ。好意を向けられて悪い気がしないのはだからだと思うわ」

千鶴の言葉に耳を傾《かたむ》け圭一は、自分もエネルギーを必要としていたのだと悟った。

「相手の好きっていうエネルギーの熱量が高いほど、おんなはほだされやすいものなの。それまで意識していなかった相手でも、情熱的に迫られるとＯＫしてしまうのはそのせいね」

圭一がなるほどと納得できたのも、千鶴がエネルギーを分け与えてくれたからなのかもしれない。

詩織との取材を全て終わらせてからであれば、職権乱用にはあたらないであろうし、立場を利用していることにもならないだろう。そこまで考えた上で、いま圭一は、こうして詩織に思いを伝えようとしている。

(情熱を持って想いを伝えよう。詩織さんにどう思われようと、好きだということだけでも……)

ややもすると弱気になろうとする自分を蹴飛ばし、懸命に言葉を搾りだした。

「俺、詩織さんが好きです！　もちろん、詩織さんが人妻だということは承知しています。だから、つきあって欲しいとか困らせるようなことは言いません。ただ、俺が詩織さんに好意を持っているということだけは、知ってもらいたくて……」

燃える想いを一度口にすると、不思議と次々と言葉が湧いてくる。柄《がら》にもないと思いつつも、迸る情熱を抑えられなくなっていた。

「はじめは一目惚れだったのです。吸い込まれそうなほどの澄んだ瞳が凄く印象的で、屈託のない笑顔も素敵だなって……。唇とかも見ているだけでドキドキしてきて……。でも、見た目の美しさだけじゃなく性格にも……」

溢れ出る圭一の言葉を詩織は真剣に聞いてくれている。

詩織ほどの美人ともなれば、口説かれることも少なくないはずで、美辞麗句を浴びることには慣れているはずだ。にもかかわらず彼女は、少しだけ頬を赤らめ、はにかむような表情を見せながらも、まるでこちらの真意を探るかのように真っ直ぐな眼を向けてくるのだ。

「詩織さんの凄くピュアなところとか、素直というか、無邪気というか、意外と親しみやすいところとか、ちょっと天然っぽいところなんかも……。気がつくといつも詩織さんのことを考えていて、仕事まで手につかなくなって……」

熱に任せてまくし立てている自分が、子供っぽく感じられて仕方がない。高校生時分にでも戻ったような気さえしている。

けれど、情熱的であるには、少年のような真っ直ぐさとか、ひたむきさが必要になる。感情に任せるのとも違うが、脇目もふらず一心不乱になることで、情熱は生まれる。どれだけピュアな結晶になれるかだ。純粋に好きであるからこそ、相手に対する情熱も生まれるのだ。

（少年のようにひたむきに。シャイな自分を捨てて。まっすぐに詩織さんだけを見つめて……！）

千鶴や沙耶との関係を考えると、〝詩織だけを見つめて〟という部分が、ウイークポイントであるものの、そこは過去の遍歴として置いておかなければ、話が前に進まない。

とにもかくにも、とりあえずの目的は詩織への想いを伝えることであり、これまでのふしだらな行いはひとまず関係がない。たとえ、それが直近の過去であったとしてもだ。

(まあ、万に一つも詩織さんが、俺に振り向いてくれるはずはないのだし……)

それこそ〝純粋さ〟とは正反対の〝不純な〟都合のよい考え方だと自分でも思う。けれど、想いを告げるだけであれば、そこまで深く考える必要もないとも思える。

天変地異でも起きて奇跡的にも詩織とステディな関係になれたなら、その時は彼女の虜として先鋭化する覚悟だ。

「一方的に俺に想いを押し付けられても迷惑でしょうが、どうしても知って欲しくて……。だから、それがって思われそうですが、俺もそのことでここ数日ずっと考えてきたのです。想いを伝えてどうするんだって……」

ここまで熱っぽくまくし立ててから、そこで一息入れた。目前に置かれたお冷やを一気に飲んで、カラカラになった喉を潤す。

ずっと言葉を挟まずにいてくれた詩織が、何事かを声にしようとするのを遮《さえぎ》って、さらに圭一は言葉を継いだ。

「で、思いついたのですが、何か困ったことがあったり、助けが必要だったりしたときは、俺のこと思い出してください。すぐに駆け付けます。無条件で詩織さんの味方になりますから……。俺は詩織さんのことが好きだからこそ無条件で！」

それが圭一の出した結論だった。どこまで行っても無垢になり切れない圭一には、それが精いっぱいの好意の表し方なのだ。

「ふう……。言いたいことは全部言葉にしました。すみません、勝手な想いをぶちまけてしまって。それだけ詩織さんへの想いが膨らみ切ってしまったということで……。お陰で、すっきりしました。でも、本気ですよ。無条件で味方します。と言っても、俺なんかにできることは、高が知れているでしょうけどね」

最後は、にへらっと笑いで誤魔化し「じゃあ、そろそろ行きますか？」と、席を立とうとした。それは多分に、圭一の照れ隠しでもあった。

「本当に一方的で、大野さんは勝手な人ですね……。それも、自分だけ想いを告げて、すっきりしただなんて、独りよがりも甚《はなは》だしいわ！」

正直、思いもよらぬ反応が詩織から帰ってきた。

好意を告げられて気を悪くするおんなはいないと、千鶴から教わっていたのに。けれど、詩織が露わにしている反応は、明らかに〝怒り〟によるものだ。

「それに卑怯《ひきょう》です！　こんな不意打ちみたいな告白の仕方。どうしてこんな私の心をかき乱すようなことをするのですか？」

「えっ！　あっ、いや……。不快な思いをさせたのならすみません。ただ、どうしても詩織さんに伝えたくて……。好きって想いもそうですけど、味方になるってことも。つまり、詩織さんの役に立ちたいって気持ちをですね……」

「そんなことは判っています。でも、それが独りよがりだと言うのです。だって、そんな大野さんの想いを知って、それに付け込むように頼ることなど、できるはずないじゃないですか！」

なるほど詩織の言う通りだ。役に立ちたいと思うなら、なまじ想いなど告げずに、黙って助けてやればいい。逆に想いを伝えたいのなら、ただそのことだけを告げればいいのだ。

「いや、付け込むだなんて、そんなこと……」

話の展開の仕方をどこで間違えたのか、もし本当に助けて欲しいことがあったとしても詩織の側に〝付け込む〟ようなニュアンスが確かに感じられてしまう。しかも、自分の側は、恩着せがましくも感じられるのだ。

「大野さんがそう感じなくとも、私の方がそう思ってしまいます」

　ふいにそこで圭一は気づいた。

「あれっ？　でも詩織さん、そこに拘《こだわ》るってことは、実際に何か俺に頼みたいことでも？」

　天の啓示のように思いついたことを、そのまま口にすると、途端に、詩織は頬を真っ赤に染めて俯《うつむ》いてしまった。

「えっ。どうかしました？　何か俺、また口にしちゃいけないこと口走りました？」

　まるで茹でられでもしたように、あまりにも詩織が赤くなったため、思わず圭一は深追いをしてしまった。ライターの習性と言ってしまえばそれまでだが、意地が悪いと取られても仕方がない。

「もう！　大野さん、突っ込みが鋭すぎます。意地悪ぅ……」

　そう言って身を捩《よじ》る詩織は、超絶カワイイには違いないが、何故これほど彼女が急に恥じらい出したのかが判らない。それも、数秒前までは機嫌を損ねていたのだから、この女性らしい切り替えの早さというか変貌ぶりにはついていけない。

「あの、いいですよ。俺、詩織さんのためなら何でもします。頼りになるかどうか判らないけど、何でも言ってください！」

　詩織の様子から、実際に頼み事があるのだと確信した圭一は、真摯《しんし》に訊《き》いた。

「あ、あの……。わたしだっておんなだから気がついていました……。もしかしてって……」

ようやく話しはじめた詩織ながらまるで要領を得ない。それでも同じ年の若妻があまりに頬を赤らめて話すせいで、圭一も妙に期待が高まりドキドキしはじめた。

「もしかしてって、何がもしかしてなのです？」

「だから、大野さんは、もしかしてわたしのことをって……」

言われてはじめて詩織が気づいていたことを知る始末。圭一は自分がよほど舞い上がっていたことをようやく自覚した。

「そ、そうなのですか？　気づかれていたなんて……。もしかして、俺、よほど詩織さんのことを意識して、挙動不審になっていました？」

こくりと頷く詩織に、圭一の顔もボッと赤くなった。

「わたしのことを好きになってくれた大野さんになら、お願いできるかもって……」

なおも言い淀む若妻に、心臓の鼓動を早めながら圭一は先を促した。

「何を？　俺に何をお願いしたいのです？」

「あ、あのね。だから、その……。わたしと×××をして欲しいのです」

消え入りそうなほど小さな声で詩織が言った。けれど、あまりにも小さく潜められた声に、肝心の部分がよく聞こえなかった。否、本当は耳に届いていたのだが、あまりに想定外の単語に聞き違いをしたのかと思ったのだ。

「えっ、あの。すみません。もう一度……。何をして欲しいと？」

「だ、だから……セ、セックスを……」

二度目を聞いても、なお意味が分からない。脳が混乱して、思考を停止させているらしい。

しばらく声も出せずに絶句していると、いよいよ詩織がその身を捩り恥じらった。

「ああん。何とか言ってくださいぃっ！　沈黙は恥ずかし過ぎます!!」

「あっ、いや。すみません。あまりに衝撃的すぎて。まさか俺とセックスをしたいだなんて、アハハハ……。えぇ～～っ！」

「いやん。声が大きいっ！」

辺りを憚り焦りまくる若妻に、圭一も慌ててゴホンと咳払いして誤魔化した。

「すみませんでした。取り乱しました。にしても、セックスをなんて、どうして？　俺のこと担《かつ》ぐ気じゃないでしょうね」

新手のドッキリか何かかと疑いもしたが、懸命に詩織は首を左右に振っている。

「そ、そうじゃないです。真剣なお願いです。お恥ずかしい話ですけど、わたし、中学から大学までずっと女子校だったから、あまり男の人のことを知らなくて。もちろん、人妻ですから処女でもないけれど、その、基本的なことしか……」

言い難《にく》そうに話す詩織の言葉に、偽りはなさそうだ。実際、彼女が超お嬢様学校の出身であることを記載した選考書類を預かっている。

なるほど、中・高・大と一貫教育のあの学校であれば、未だにお嬢様として純粋培養されていても何ら不思議はない。

「そんなわたしでも大野さんなら……。その……み、未知の世界に導いてくださるかなって」

言い難そうに詩織は、そんな言い回しをした。

「未知の世界へ導くって……。セックスでですか？」

話の筋が今一つ見えず首をかしげる圭一の顔を、俯き加減のまま詩織が覗き見ている。

「あの、わたし、あまり恋愛とかもしてこなくて、結婚も親の決めるままに……。ですから殿方は主人しか知らないのです」

「うーん。それってつまり、詩織さんは自分を縛り付けている世界を壊して欲しいとか、もっとこう自分の殻を破りたいとか、そういったことがお望みですか？」

「主人はわたしのことを面白くないおんなだと……。ただ綺麗なだけで人形を抱いているようだとも。お陰で夫婦生活もすぐに冷え切って。今回、ディーバに応募したのもそんな自分の殻を破りたかったからなのです」

どこかズレて噛み合わない会話にも、ようやく話が見えてきた。

要するに彼女の願望とは、これまでに経験したことのない経験をすることで、彼女を閉じ込める世界を打ち破りたいのだろう。

それもこれまでの倫理や道徳、規範などに縛られずに、奔放なまでに羽ばたこうとしているのではないだろうか。

ふと思いついた圭司は、思い切って質問した。

「もしかして詩織さんは、おんなの悦びを知らないのですか？　つまり、そのイッたことがないとか……？」

核心を突いた質問に、詩織が美貌を真っ赤にしながらも頷いた。

お陰で、ようやく圭一は全てに合点がいった。

同じセックスをするにしても、自分を好いてくれている相手であれば悪いようにはしないと考えたのであろう。

取材中の会話の流れで、自分がエロ雑誌の編集をしていたことまで詩織に話したから、そちらの知識は豊富であろうと見込まれたのかもしれない。

むろん絶頂してみたいということばかりではなく、性の奥深さを知りたい、冒険をしてみたいということなのだろうが、それも含めて彼女の言うところの〝未知の世界〟なのだろう。

まだるっこしいことを言わずに、それならそうと言ってくれればと思わぬでもないが、それこそが詩織を縛る殻であるように思われた。

3

「いいですか、三つ約束してください。一つ目は、これからどんなに恥ずかしいことをされても、俺のことを信じて拒まないでください」

詩織からの衝撃的な〝依頼〟を受けてから二日が経っていた。

いまふたりはシティホテルの一室でベッドの上に腰かけている。

むろん千鶴の時とは、違うホテルだ。その程度のデリカシーは、圭一にも備わっている。

「二つ目は、できるだけリラックスすることです。もちろん、そうできるように俺も協力しますけど、とにかく固くならないように、リラ〜ックス……」

最後の英単語を、おどけた口調で発音をすると、詩織がクスリと笑ってくれた。

「リラ〜ックスね」

圭一を真似て詩織も妙な発音をする。

「そうそう。リラ〜ックス」

二日置いたのは、単純にスケジュールの問題もあったが、詩織に気持ちを定めさせるつもりもあった。会えない時間が愛を育てるのさ——ではないが、その時間が互いの気持ちを高めてくれることは間違いない。

もっとも二日以上は、詩織の決心が揺らぐ危惧《きぐ》があったし、そもそも圭一自身が待てなかった。

本来であれば詩織を伴《ともな》い、温泉旅行にでも出て、しっぽりと過ごしたいところだが、さすがに迫る締め切りがそれを許してはくれなかった。

「三つ目は、詩織さんが思う限りの奔放なおんなを演じてください。まあ、三つともいい塩梅《あんばい》に恥じらいを捨てることがカギですね」

逸《はや》る気持ちは、ホテルにチェックインした時間にも表れている。

予約時に三時チェックインと聞かされていたにもかかわらず、二時前にはホテルに着いていた。

やむなくラウンジでお茶を飲んで過ごしたが、あまりにソワソワして、何を話したかも記憶にない。

「詩織さん。いまの三つ約束できますか?」

「約束します。大野さん」

「あっ、と、もう一つ。ここからは俺のこと、大野さんではなく圭一と呼んでください。俺も、詩織と呼び捨てにしますから……。それと敬語もやめに、ふたりは愛しあうのだから」

そっと若妻の手の上に自らの手を重ね、ふたりだけの時間がはじまったことを合図する。

ふっくらと輝きを放つ桜唇を求め、ゆっくりと顔を近づけた。

ふわりと漂うバニラ系の香りが、いかにも詩織にお似合いだ。

「圭一……さん」

呼び捨てにしてくれるかと思いきや、遅れて〝さん〟が付いた。それもすぐには仕方がないかと、指摘せずに唇に触れていく。

「んっ!」

驚くほど瑞々しくやわらかな物体にむにゅんと唇を触れさせると、すぐにその場を離れる。間を置かずにチュチュッと、啄《ついば》むようにキスを繰り返す。そしてそのまま、若妻の目や鼻やおでこやほっぺを上下の唇で軽く摘まむように口づけしてから、またしても桜唇へと舞い戻る。

「詩織……。好きだ。大好きだよ」

顔中に口づけされるたび眩しそうな表情をしながらも、大人しくされるがままでいてくれる。

「んふっ……」

キス責めのくすぐったさに、若妻の小鼻から小さく息が洩れる。

その吐息さえ甘く感じるほど、いい匂いが女体から押し寄せてくる。

少年のような甘酸っぱい想いが押し寄せるのはなぜだろうと思うものの、心臓がキュンと鳴るのを禁じ得ない。

ほこほこふっくらしていながらも、しっとりとした詩織の唇の感触に、天にも昇らん心地がした。

（すごいっ！　ふわふわで甘々だっ。ヤバいっ！　何だかいたいけな美少女に悪戯しているみたいで高まるぅ〜〜っ!!）

胸板にあたるふくらみの感触も圭一を羽化登仙の境地へと運ぶ。ゴムまりともマシュマロともつかぬ物体が、パンと張り詰めていながら、どこまでもやわらかく、圭一をうっとりとさせるのだ。

口づけしているだけなのに、射精しそうなまでの興奮を感じている。しかも、詩織の唇は、ひどく甘く、どこまでも官能的で、触れたが最後とても離れられないと思えるほどの極上唇なのだ。

リードしているはずの圭一の方が、どこで息継ぎすればよいのか判らなくなり、息苦しくなるほどだった。

その間、同じ年の人妻は、全く嫌がる素振りを見せないばかりか、キスを切り上げようとする圭一を追いかけ、積極的に後頭部に手を回し、何度となく音を立てて唇を求めてくる。

「むふん、うふぅ……。んむぅ、ほふぅ……」

彼女の息継ぎに合わせ、圭一も空になった肺に酸素を送る。

(ああ、こんなに積極的にキスされるなんて……。何だか俺の方が教わっているみたいだ……！)

奔放なおんなを演じるとの約束を守ろうとしているのか、まるで「キスはこうするのよ！」と教えるかのように、時に圭一の唇を舐め、時に桜唇をべったりと押し付けて、自らそのやわらかさや甘さを味わわせてくれている。

「わたしのキスはどうかなぁ？　上手にできている？」

息継ぎの合間にそう聞かれ、圭一は首を縦に振った。

「できている。素敵だよ」

やさしく囁くと、細く繊細な手が圭一の頬に移動してふわりと包み込んでくれた。

「もっと詩織の唇を味わってね……」

言いながら美妻が今度は、ベーっと舌を伸ばしながら圭一の唇を塞《ふさ》いでくる。夢中で圭一も口腔を開け、ふっくらした詩織の朱舌を招き入れる。

ねっとりと甘い舌に唇の裏側や歯茎、歯の裏側まで舐め取られる甘やかな官能。圭一も舌を伸ばし、侵入してきた若妻の舌に絡みつける。

「ん……はむん……ちゅっ……圭一……さん……好きっ……んっ、んんっ！」

微熱を帯びた濡唇のぬめり。甘い唾液が流し込まれ、口の中に若い牝の味が広まる悦びに圭一は声にならない喜悦を爪弾く。

「んんっ……ふむん……ほふうぅっ……んむん……ぶちゅるるるっ」

攻守を変えて舌を伸ばし美妻の口腔内を目指す圭一。小鼻を愛らしく膨らませ息継ぎしながら詩織は、あえかに桜唇を開き口腔内へ受け入れてくれる。

彼女の体温を感じ、濡れた舌の感触を味わい、白い歯列の静謐《せいひつ》な感触を愉しむ。

嬉々として彼女の口腔内を舐めまくり、舌を這わせると、若妻も濡れ舌をまたしてもねっとりと絡み合わせてくれる。

（ぶわぁっ！　絡み合う舌がエロい～～っ！）

舌腹と舌腹を擦り合わせ、互いの存在を確かめるように絡み付ける。

想い人と口づけする悦びを、圭一は震えがくるほどに味わった。

儚《はかな》いまでの女体のやわらかさと弾力にも脳髄を痺れさせている。

すっかり前後の見境を失った圭一は、密着した上半身の間に自らの手指を挟み、前に突き出した詩織の乳房を洋服越しにお触りした。

激しい欲望に釣り合わぬ、フェザータッチ。いきなりは強くせずに徐々に若妻の性感を波立たせようとするものだ。にもかかわらず、圭一の掌はその驚くほどのやわらかさと心地よい弾力を余すことなく伝えてくれた。桜唇同様、詩織の乳房は、触れたが最後、二度とそこから離れられなくさせるほどの魅力に溢れていた。

「んんっ！」

触れられた美人妻の方は、恥ずかしげに鼻腔から声を漏らしたものの抗おうとはしない。むしろ、大きく胸元を前に突き出し、挑発的に乳房を差し出してくれる。それでいて、その表情はどこまでも恥じらうようで、目元までぼーっと赤くさせている。やはり幾分かの緊張と羞恥は免《まぬが》れないのだろう。

それでもギュッと瞼を閉じた詩織の表情は、ひどく色っぽい。その艶貌を目に焼き付けながら圭一は、手指にそっと力を込めた。

「んふぅっ……」

手指に撓《たわ》められたやわらかな物体は、自在にそのフォルムを変えていく。

「おっ、おおっ！　詩織のおっぱいって、こんなにやわらかいんだね……。すごいよ。洋服の上からでも手が気持ちいいっ！」

このふくらみ以上に気持ちのいい感触のものを思い当たらない。中でも詩織の乳房は、その弾力とやわらかさのバランスが絶妙で、鋭敏な手指性感をたまらなく刺激してくるのだ。

伸縮性に富んだ生地のオフホワイトのカットソーと、さらにその下にはブラジャーを着けている。薄着であるがゆえ、そのやわらかさや、ぴんとしたハリと弾力を余すことなく味わうことができ、圭一はますます夢中になった。

「ああ、圭一さんの手、やさしい……。こんなにやさしく触ってもらえるのですね……。とっても大切に扱ってもらえているのが判ります」
ようやく互いの唇が離れると、掠れた声で詩織が囁いた。
はにかむような表情で、じっとこちらを見つめている。愛情たっぷりに扱っている
ことが伝わり、圭一もうれしかった。
同時に、詩織のカラダが想像以上に敏感であることも確認できた。
(思った通り、全然、感度が悪い訳じゃない。むしろ、詩織は敏感な方だ……。って
ことは、よほど夫が下手くそなのだな……)
先日、詩織は恥を忍んで「イッたことがない」と教えてくれた。けれど、これまで
のところ、その成熟した肉体は、全く問題なく官能を甘受できている。
それなのに、詩織がおんなの悦びを味わったことがないということは、つまり、相
手の男がだらしがなかったと結論すべきなのだ。
それは恐らく多分に、詩織の美しさが悪影響を及ぼしているのだろう。
これほどの美女を相手に、いつまでも理性を保っていられる男はそうはいないはず
だ。
(美貌に目を奪われてばかりいると、自分をコントロールする力を奪われるからそう
なる……。美し過ぎるのも考え物だよなあ……)

しかも、詩織は成熟した蠱惑の肉体まで備えているのだからなおさらだ。魅力的であればあるほど、その欲望のままにすぐに全裸に剝いて、真正面から挑みかかるのが男の性であろう。

しかも、圭一の聞いた限り詩織の夫は、どこぞのお坊ちゃまであるらしく、おんなを悦ばせる努力もせずに、相手を傅かせることに終始するタイプらしい。挙句、自己中に女体を弄りながら、自分勝手に果てるのが関の山だったのだろう。

ろくに愛撫もせずに「お人形を抱いているようで面白くない」などと、よくもそんなゲスな発言ができるものだ。

お人形を抱くようにしか思えないのは、男としての技量が最低であるからだと、自覚するべきなのだ。

（俺が詩織の亭主だったら三日三晩ぶっ通しで抱いて、その女体を開発するぞ！）

その願望が、わずかながらでもこれから叶おうとしている。そう想像するだけで、圭一の興奮はいや増した。

（いや、いや、いや。いかん、いかん。冷静に、冷静に……。不覚を取ると、詩織を開発するなど覚束《おぼつか》なくなるぞ……！）

ややもすると、ピンクの靄《もや》に覆われそうになる頭の中を、少しでも晴らそうと美妻に気づかれぬようそっと頭を振った。

そうすることで圭一は、詩織を慮る余裕を取り戻した。

4

「この時間が、詩織にとってしあわせなものになるとうれしいな……」

甘く囁いた言葉は、何ら飾らぬ圭一の本音だ。

「ああ、やっぱり圭一さんって、やさしいのね……。とっても優しい！」

言いながら詩織が腕をクロスさせ自らのカットソーの裾を手で摑んだ。大胆にも下からまくり上げるようにして脱ぎはじめる。

「自分から脱いだりするのって、ちょっと勇気がいるのね。でも、これくらい大胆にならなくちゃね」

ここでも詩織は、健気に圭一との約束を履行してくれる。

キュッと引き締まったお腹が露出したかと思うと、容《かたち》のよいふくらみが惜しげもなく晒される。

華奢な印象の体型にそこだけが前に突き出した印象のバストは、Ｃカップでは収まりきらず、それでもDカップでは余るサイズか。

そのふくらみをやわらかく覆うのは、成熟したおんなにふさわしい勝負下着。瀟洒な金糸で草花の刺繍が施《ほどこ》された黒いブラジャーだ。

漆黒の下着が色白の蜜肌をさらに鮮やかに際立たせセクシー極まりない。

「もう！　圭一さんはおんなの裸なんて、見慣れているでしょう？　なのにそんなにまじまじと見ないで。視線が痛いわ……」

そう言いながらも若妻はスッとその場に立ち上がり、ミニ丈のスカートも脱ぎ捨てていく。

華奢なまでに括《くび》れたウエスト。その腰つきはしなやかな丸みを帯び、しっかりと成熟していながらも、未だ瑞々しさを感じさせる。

お尻も丸く引き締まった媚小尻で、奇跡的なまでに重力に逆らって、きゅっと上向きだ。

手足が長いため、より均整がとれた印象を持たせている。特に、その太ももは、しなやかにもパンと張り詰め、大理石の如き滑らかな美肌がゆるみなく円筒形状にぴっちりと包み込んでいる。

むくみ一つ見られない美脚は、まさしくカモシカのよう。

「ああん。何だか獣のような眼。ギラギラして、とってもいやらしい……」

若妻の美貌には、当然のことに恥じらいが滲んでいる。同時に、はにかみながらもコケティッシュな表情も浮かばせる。こちらの方は、ムリに作っている感が否《いな》めない。

その二律相反する二つの表情がない交ぜになり、詩織の魅力をさらに高めている。

「おっぱい、触ってもいいよね……？」

再び、隣に腰を降ろす詩織に圭一は声をかけた。

自分でも意外なほど嗄《しゃが》れ声になり、喉がカラカラなことに気づいた。詩織にリラックスするように言っておきながら、きっちり圭一も緊張している。

ごくりと唾液を呑み込み、首筋を伸ばすように左右に傾けてから、その掌をやさしいふくらみに運んだ。

「うふふ。圭一さん、おっぱい好きなのね……」

クスクスと笑いながら詩織は、途中で圭一の手の甲を捕まえて、ゆっくりと自らのふくらみへと導いてくれた。

たった一枚布地がなくなっただけで、乳房の感触は格段に官能味を増している。

マシュマロの如くふわふわである上に、ほっこりとした人肌の温もりが伝わる。さらには、悩ましい谷間を作る肉房が、いまにもブラカップから零れ落ちそうな危うい眺めとなって、ビジュアル的にも生々しく刺激してくる。

「ああ、詩織のおっぱい、きれいだぁ！」

どうしようもなく興奮が込み上げる圭一は、今一度生唾をごくりと呑んでから、ゆっくりと十指に力を入れた。鉤《かぎ》状に両手を窄ませてから、またゆっくりと開く。容《かたち》のいい乳房が掌の中でむにゅりとひしゃげてから即座に心地よく反発する。

ブラカップ越しですらこれほどに官能的なのだから、直接肌に触れたならどんなに気持ちいいだろう。その愉悦を妄想しながら、ゆったりと乳房を揉んだ。

頭の中に叩き込まれている「やさしく扱う」とのマニュアルが、かろうじて自制させているが、ともすれば激情のままに揉み潰したい衝動に駆られている。

「これが詩織のおっぱいの感触なんだね……。素敵だよ。やわらかくって、手が蕩けそうだ」

相変わらずの嗄れ声で囁くと、紅潮させた頬がむずかるように左右に振られる。

「んふぅ……そう。おっぱいだもの……。やわらかいのよ……んふぅ……圭一さんも、素敵……。大切に扱われると……お、おっぱい、き、気持ちよくなるのね」

どうしてなのか詩織の乳房は、ピュアな印象を抱かせる。否、乳房ばかりでなく、その女体全体が無垢な印象なのだ。純白の肌がそう感じさせるのだろうか。それでいて十二分に成熟しているから、圭一に弄ばれるたび、モヤモヤとした喜悦が込み上げてくるのだろう。徐々に、詩織が美貌を色っぽく蕩けさせていく。

「どう、痛くはないでしょう……？　少しは気持ちよくなっているみたいだけど」

若妻が感じはじめている手応えはある。それをあえて聞くことで、美妻の高揚と羞恥を煽った。

「んんっ……。ええ、とっても。おっぱいが火照りはじめて、それが下半身にも飛び火する感じで……あふぅっ！」

掌の熱を乳房へと移すような気持で、やさしく捏《こ》ね上げると、なおも女体がびくんとヒクつく。

（おおっ、確かな反応！　でも、もう少し温めてあげた方が、感度が上がるかな。それとも、そろそろ頃合いかな……？）

やさしい富士額に、うっすらと汗が滲み出すのを契機《けいき》に、圭一は、側面からふくらみを中央に寄せていく。親指の腹を中心に運び、その頂点をぐにゅっと押した。

「あん！　うぅぅうっ……!!」

零れ出る甘い啼き声。我慢しきれずに漏らしてしまった恥ずかしさに、詩織が耳まで赤くする。

ブラカップの頼りない硬さが中央にぺこりと凹み、プロテクトされていた小さな突起に擦れたようだ。

徐々に若妻の乳房性感が漣立《さざなみだ》っていることを圭一は判っている。清楚な美貌とは裏腹の反応に、圭一もどんどんたまらない気分にさせられていく。

抑えようのない情動が湧き起こり、頭の中が真っ白になった。

「詩織！」

再び、その唇を求めようと顔を近づけると、ふくらみを捕まえたままの手に力が入りすぎ、そのまま彼女をベッドに押し倒す格好となった。

「きゃぁっ！」

若妻の短い悲鳴が、さらに圭一の牡本能を焚き着け、前後不覚にした。

「詩織っ！」

同じ年の若妻を呼び捨てにし、倒れた女体にのしかかった圭一は、鼻先が華奢な首筋に突っ込んだことをいいことに、その白い柔肌にぶちゅっと唇を当てた。

「あうんっ！　あっ、あぁっ、圭一さぁ〜んっ」

砂糖菓子よりも甘い声に、嫌がるニュアンスは全くない。むしろ、彼女の手が圭一の後頭部に伸びてきて、やさしく撫でさすってくれる。

「こうしていると、〝好き〟が溢れてくる……。どんどん詩織のことが愛おしくなる！　なんて調子よく聞こえるかな？」

「ううん。そんなことない。圭一さんの気持ち、うれしい！　私も……圭一さんが、私を好きと言ってくれるたび、気持ちが昂ぶってしまうの」

蕩けた表情で若妻が、微笑んだ。その屈託のない笑顔こそ、圭一が一番大切にしたいモノ。大切なことは彼女を想う気持ちであり、その想いが愛を生む。

「うん。俺はね、いまこの瞬間、純粋に詩織のことを想う結晶だよ」

我ながらきざなセリフにも思えるが、どこを切ってもそれが本心なのだから仕方がない。そして、その想いがさらに圭一の胸を熱くし、血潮を滾《たぎ》らせていく。

圭一の情熱を浴びた若妻も、その女体をさらに火照らせている。

「好きだっ。詩織、好きだっ！」

口にすると感情が一気に膨れ上がり、下半身へと収斂されていく。分身が激しく疼き、さらに硬く勃起した。

「圭一さんの……。私のお腹にあたっている……」

そのか細い声。睫毛を震わせ、美妻が恥じらう。

「すごいのね……凄く、大きくって、怖いくらい……」

バージンではなくとも、いくつになっても、おんなは乙女《おとめ》の部分を残している。それは男がいくつになっても悪ガキであるのと同じだ。

まるでセブンティーンの女子高生のように若妻は恥じらいと好奇心を浮かべ、極限にまで勃ち上がった圭一の肉塊に驚いている。

「詩織……！」

込み上げる激情を堪えきれずに圭一は、彼女の胸元をまさぐっていた手指をその下腹部へと移動させた。

ブラジャーと同色のパンティをスルーして、すべツヤに輝く太ももに、そっと掌を滑らせた。

未だに水をはじきそうなほどピンと張った肌の感触。むくみひとつないすらりとした肢体が、凄まじい触り心地で圭一の欲情をそそる。

(な、なんだぁ、この太ももは……！　こんなに触り心地のいい太もも、知らなかったぞ!!)

瑞々しくもぴちぴちしていて、まるで十代のそれのよう。思わず頬ずりしたくなるほどの感触は、唇や乳房と同様、一度触れたが最後、二度と手を放すことができなくなる。

る。

め、相変わらず圭一の後頭部をやさしく抱きながら短く息を吐き、触るに任せてくれ

「んっ……。んふぅ……っ」

触られている若妻は、はじめこそビクンッと震えながらも、すっとカラダの力を緩め、相変わらず圭一の後頭部をやさしく抱きながら短く息を吐き、触るに任せてくれる。

(どうする？　ずっと、この太ももを触っていたい……。ああ、だけどパンティの中身も気になる！　うーん、やっぱパンティを脱がせちゃうか……)

太ももに後ろ髪を引かれ、迷いに迷いながらも、圭一は一番大胆な選択肢をチョイスした。若妻の了承を得ることもなく、その薄布のゴム部に手をかけたのだ。

「えっ？　あぁん……っ！」

ゴムの内側に指先を挿し入れ、いきなりに薄布をずり降ろす。

「やっ、だ……。もう、圭一さんのエッチぃ……。アソコが丸見えになっちゃうぅ」

さすがに身を捩り恥じらう詩織であったが、半ば腰を浮かせ脱がせる手助けをしてくれる。

長い美脚も持ち上げてくれたから薄布を抜き取るのも容易《たやす》い。

はたと気づき圭一自身も、大急ぎで着ているものを全て脱ぎ捨てた。

「あぁ、すごく大きい。圭一さん、そんなに大きいの？」

大きな瞳が、しばしばと二度、三度と瞬く。これが自分の中に挿入《はい》ってくるのかと想像してしまったらしい。

しっかりと皮の剝けた肉柱の威容は、人妻でもグロテスクに映るだろう。我が持ち物といえども、その輪郭といい、血管の這いまわる禍々《まがまが》しい雰囲気といい、確かに凶悪な塊としか思えない。

「私が知っているおち×ちんと全然違うわ……。ああ、こんなにごつごつしているなんて……。ねえ、これ痛くないの？」

「詩織が知るち×ぽは、一本だけでしょ」と内心に突っ込みを入れながら興奮と好奇心を宿らせたまん丸の瞳を見つめる。

やはり天然なのか、無邪気なのか、気安く人差し指を伸ばし、側面をツンツンと突っついている。

（ああ、詩織が俺のち×ぽに触っている……。なんか無防備でカワイイなぁ……！）

屈託ないにもほどがあるが、ピュアな姫が指先で悪戯をするようで、圭一の欲望がさたにムラムラと高まる。ピュアだからこそ穢《けが》したくなるのだ。

「すごい。圭一さんのおち×ちん、こんなに熱い……」

ついには、肉茎を握りしめ、冷んやりした白い指の感触を味わわせてくれる。

奉仕するというより、自らの好奇心を満たすための行いのようだが、それでも獣欲が激しく湧き立つのを止められない。

心地よい刺激にたまらなくなり、圭一は、若妻の手指を逃れるようにして詩織の下半身へとカラダの位置を移動させた。

「今度は詩織の番だよ。詩織のおま×こ見せて……」

子をなしていない若い女性特有のX脚を軽く開かせ、秘密の花園を空気に晒す。

「あぁ、アソコなんて見ちゃいやぁっ！」

羞恥する美妻の抗議も、興奮にのぼせ上がった圭一を止めることはできない。

しかも、詩織は口では「いや」と言いつつも、その太ももを閉ざそうとしないのだ。

「こ、これが詩織のおま×こ！」

露わとなったおんなの秘部は、圭一の想像を遥かに超えていた。

ふっくらとした恥丘を黒い繊毛が色濃く覆っている。さらにその下には、初々しくほころぶ純ピンクの膣口と、その周りを恥ずかしげに花菖蒲《はなしょうぶ》が顔を覗かせている。

女性器とはもっと生々しく、グロテスクなものであったはずだ。けれど、詩織の局部は、どこか幼げであり、あまりに繊細であり、楚々として美しく整っている。

可憐との形容がふさわしい外見に反し、その内部は成熟して複雑な構造が、あえかに開いた蜜口から覗き見える。細く無数の濡れ襞が蠱惑的に蠢いてさえいるのだ。

「し、詩織っ！　俺、ここに早く挿入したくてたまらないよ」

扇情的な眺めに魅入られた圭一は、ただひたすら彼女と結ばれることしか考えられなくなった。

そんな圭一の切羽詰まった気持ちを黙って若妻は汲んでくれた。

「いいわよ。圭一さんに身を任せるつもりなのだから……。いつ挿入《い》れても構わないわ。ううん。正直に言うね。詩織も挿入《い》れて欲しいの……」

圭一の熱の籠った視線を感じ、新鮮な花弁が怖じけるようにヒクヒクと震えている。それでいて膣奥からはジュクジュクと透明な蜜汁を吹き零し、蜜口や花びらをヌメ光らせている。

「し、詩織が欲しい！」

矢も楯もたまらずに圭一は、詩織の股間に自らの体を運び、女体に覆い被さった。いきり勃つ分身を片手で握りしめ、的確に美人妻の蜜孔に運んだ。

「詩織、好きだよ」

「し、詩織も、圭一さんのこと……」

圭一に呼応して、若妻がさらに太ももを開いてくれる。

「きてっ！」

艶々の頬をサクランボのように赤く染め、詩織が促してくれた。

（できるんだ……。ついに詩織とセックスするんだッ！）

美妻から求められ、すでに圭一は頭の中で発射させている。渦巻く興奮に体が反応してしまわないのは幸運だった。

（まずい。このままでは絶対にまずい。せめて頭の中に冷めた部分を作らなくちゃ！）

せっかく詩織と結ばれるというのに、急《せ》き立てられるままに挿入してしまっては、あえなく早打ちするのが落ちだ。

ギリギリのところでそう気がついた圭一は、分身を握りしめた掌の力を緩め、大きく一つ深呼吸した。

押し出した腰はそのままに、切っ先の角度を変えてやる。

挿入角度をあえて外した猛り狂う竿先は、肉土手を縦方向にずずっとなぞるばかりで、無為に中央から外れていく。

それでも裏筋が媚肉の表面粘膜に擦れる快感は、相当なものだった。

「ぐううぅぅっ！」

喉を鳴らしながら歯を食いしばり、愉悦をやり過ごす。

縦渠に肉柱の裏筋を平行に食い込ませ、ゆっくりと前後させる。滲み出た蜜液が、裏底にたっぷりとまぶされ、ぐちゅぐちゅと淫らな水音が立った。

「あっ、ああ、いやぁ、そんな擦らせ方……。あん、あっ、圭一さぁん」

もどかしげに詩織が細腰をくねらせる。それを追うようにしてパンパンに膨らんだ肉棹をなおも擦らせる。

「あぁん、違うわ、そこじゃないの……あん、圭一さぁんっ！」

圭一が上手く挿入できないでいると勘違いしたのか、少しでも手助けをしようと、艶尻が軽く持ち上がり、若妻が切っ先を探っている。

けれど、圭一はあえて躱《かわ》し、先端部で詩織の女陰を啄んでやる。あげく鶏のくちばしは、女陰の合わせ目で慎ましやかに息吹く美妻の女核を小突き回した。

「ひぅっ！　ち、違うわ。そこじゃないの。焦らないで……。ここに、このまま」

よほどもどかしくなったのだろう。マニキュア煌めく手指が降りてきて、悪戯な肉柱を捉えると、その切っ先を自らの中心へと導いてくれるのだ。

「詩織……」

彼女の方から導いてくれるのだから、さすがにこれは拒めない。咄嗟に圭一は若妻の足首を捕まえ、やさしく折りたたむと、さらに股間を大きくくつろげさせた。できた空間に腰を押しだし、導かれるままその分身を黒い陰りの狭間に押し当てた。

ついにひとつになる。期待と興奮に胸を湧き立たせながら、ぎゅっと瞼を閉じる詩織の美貌をうっとりと眺めた。

(ああ、やっぱり綺麗だ……。もう夫の元には帰したくない……！)

どれほど詩織は夫から愛されているのか。その愛情に満たされていないからこそ、いまこうして圭一に抱かれようとしているのだ。

いつの間にか互いを空気のような存在と感じる夫婦が、この国ではほとんどと聞く。それを夫婦と呼んでいいのか、他人事ながら圭一も普段からそんな疑問を抱いていた。

(そんな夫婦関係だから寝取られるんだ！　俺はこのまま詩織を寝取る！)

わずかばかり残されていた倫理観や理性を吹き飛ばし、圭一はそう心に誓った。

「詩織……っ！　好きだよ。愛してるんだっ！」

鈴口が陰唇とフレンチ・キスを交わし、そのままディープ・キスへと移行する。

狭い膣口をぬぷんと亀頭部がくぐると、反りの利《き》いたエラ首がしっかりと抜け落ちぬように侵入口の裏側を咬む。

「んふっ……あぁ、圭一さんが来る……。詩織の膣中に……ううっ、熱くて大きいのが挿入《はい》ってきちゃう……っ！」

一たび侵入を開始した怒張は、ゆっくりとした速度で詩織のカラダを貫いていく。見た目以上に狭隘《きょうあい》な肉畔を先端で抉《えぐ》り、すぼまった肉管を拡張しながらずずずっと押し込んでいく。それもできるだけ、若妻の性感を開発するように亀頭エラやゴツゴツした肉幹で、媚肉のあちこちをしこたまに擦りながら奥を目指すのだ。

「あうううっ……。はっく……。くふぅぅっ、大きい、あぁ、おおきいいいいぃっ！」

ミリ単位で慎重に挿入するのは、たっぷりとその存在感を味わわせ、勃起の容《かたち》を覚え込ませようとしているからだ。同時に、なるべく詩織に負担をかけたくはないから自然、こういう挿入になる。

お陰で、圭一も若妻の蜜壺の隅々まで知ることができた。

新鮮な媚肉は、生娘《きむすめ》の如き狭隘さと人妻らしい柔軟性に富み、明らかに細身の詩織でありながらそこだけはもっちりと肉厚な印象を持たせる。

膣口から覗いた時に確認したイソギンチャクの触手にも似た肉襞が、膣孔いっぱいに密生して、そよぐようにまとわりついては、舐めまわすように蠢いている。

しかも、時に甘く締め付け、時に吸いつき、そして時にくすぐるように絡みついてくるのだ。

「ああ、詩織、やばいよ！　なんていい具合のおま×こなんだ!!」

なるほど詩織が開発されていないもう一つの理由がこの名器にある。それもただの名器ではなく、根元と中ほど、さらにはカリ首のあたりを同時に締め付ける三段締めの超絶名器なのだ。

こんな極上の牝壺を持ち合わせている上に、これほどの美貌なのだから、長らく膣中に留まっていられるはずがない。

さすがの圭一も、しばしその挿入を中断して、湧き上がる愉悦をやり過ごさなくては、たちどころに果ててしまいそうなほどの具合のよさなのだ。

「すごい！　すごいよ詩織!!　ち×ぽのあちこちを小さな唇にキスされている！」

そよぐイソギンチャクの触手が、まとわりついてはくすぐるから、そういう錯覚を起こす。まるで無数のドクターフィッシュの小さな口に、パクパクと角質を食べられているような感覚。それを肉柱で受けるわけだから気色いいにもほどがある。

「ああ、深いわ。圭一さん。詩織のこんな奥深くまで……。お腹の底に熱く擦れて……。それにこんなに拡げられて……苦しいくらいなのに、ああ、どうしよう。カラダの奥から火照ってくるの！」

かつてない部分にまで到達された詩織も、うろたえるように喘いでいる。灼熱の肉塊に膣孔を焼かれ、極太に狭隘な肉管を拡張され、それ相応の快感が女体に押し寄せるらしい。

(ぐわあああっ！ だ、ダメだっ！ ひとまず撤収……!!)

やるせなく疼きまくる分身に、あえなく圭一は退くことを決めた。勇気ある撤退は恥ではない。このままムリに留まり早撃ちする方が、よほど恥ずかしい。

決断した圭一は、押し入れていた腰を反転させ、一気にずるずるっと引き抜いた。

5

「あっ、あああん。漣が立つようで抜かれるのが切ないわっ！」

肉エラに膣襞を梳られる官能を、詩織はそう言い現わしながらぶるぶるっと女体を震わせた。

ちゅぷっと亀頭部をひり出した圭一は、どこにも分身を触れさせぬように慎重に空気に晒した。

疼きまくる肉柱をクールダウンさせるのだ。

スローセックスの指南では、男を長持ちさせるためにこうしろとあった。

さすがに不思議そうにこちらを見ている詩織に、圭一は照れ笑いした。

「ちょっとタイムね。その間に詩織さんのこれを外させてもらってもいい？」

圭一は、詩織のブラジャーを指さして、そう言った。

分身はクールダウンさせても若妻まで覚めさせるわけにはいかない。むしろ火照る柔肌を、さらに官能で炙《あぶ》るくらいでなくてはならない。それには邪魔な詩織のブラジャーを外したいのだ。

「圭一さんは、おっぱいが好きでしょう？　男の人は、みんなそう。外に出るといつも視線を胸に感じるもの」

無邪気に笑いながら詩織は、自らの背筋に両手を運んだ。

それも自ら外そうと言うのだ。

ベッドに身を横たえていても、反り返る胸元に、やわらかそうなフォルムが強調される。

「おっぱい好きは認めるけど、でも、詩織のおっぱいだから余計に目が行くのであって……。それも、あんまり美しく揺れるから、つい……」

昨今の女優やグラビアアイドルには、大きな乳房の持ち主が増えたように思う。アナウンサーでも隠れ巨乳と噂される人が珍しくない。けれど、それらのどの乳房よりも、詩織の均整のとれたバストの方が圭一には魅力的に感じられる。

「うふふ。圭一さんは素直でよろしい。おっぱいばかりジロジロ見られるのは気持ち悪いけど……。綺麗だっておっぱいを褒められるのは、やっぱりうれしい……」

エロ雑誌の編集者であった圭一は、見た目にブラのサイズがどれくらいかの見当がついた。それだけ多くの乳房を目にしてきたのだ。けれど、目の前の詩織ほど上品かつ挑戦的なバストは記憶にない。

「圭一さんだから特別に見せてあげるのよ。おっぱい好きの圭一さんだから……」

若妻は背筋にあるブラのホックを摘まむと、きゅっと内側に寄せるようにした。

カチッと微かに擦過音が弾けたかと思うと、若妻の背筋に伸びていたバックベルトが一気に撓んだ。

（ああ、ついに詩織のおっぱいが……！）

すでに美妻は、女陰を視姦させているのだから乳房を見せることの方がハードルは低いように思える。

だからと言って、おんなが乳房を晒すことに抵抗がないはずがない。そこはやはり、言葉通りに彼女にとって圭一は特別なのだ。

「し、詩織……」

目を血走らせ凝視する圭一に、美人妻は強張る表情を緩ませた。

若妻の手指が、バストトップを覆うブラカップを自ら外した。

「お……わぁ……。こ、これが詩織の生おっぱい……。き、きれいだぁ……！」

眩いばかりの美しさとは、正しくこのこと。上品な双つのふくらみが、惜しげもなくその全容を晒したのだ。

細く華奢な女体に、そこだけが純白に盛り上がっている。

けれど、大きいと感じさせるのは、その腰部が鋭角に括れているからで、実際はグレープフルーツ大といったところだろうか。

少し上向き気味の歪みひとつない艶やかなフォルムが、何とも言えぬ気品と儚さを感じさせる。

それは抜けるような乳肌の白さと、驚くほど可憐な乳首の存在も手伝っている。小さな乳輪はエンジェルピンクに淡く萌《も》え、白皙《はくせき》とのコントラストがとても鮮やかだ。

「なんだか拝みたくなるくらいに神々しい。ありがたや、ありがたや」

「ああん、もう。圭一さんったら。そんなに拝んでもご利益なんてないわよ」

クスクスと笑う詩織に合わせ、純白の乳房がやわらかく揺れる。

（散々、おんなの裸を見てきたけど、感動させられるほど美しいなんて……）

ただでさえ疼いていた肉塊が、天を突くように反り返った。鈴口から先走り汁を吹き出させながら、大きな肉根を断かせる。

その雄々しい発情に、今度は美人妻が目を丸くした。

「まあ、おち×ちん逞しい。うふふ。圭一さんは、そんなにおっぱいが好きなのね……。こんなに荒ぶっているのだもの、また挿入《い》れたいのでしょう？」

期待するように囁く詩織。その瞳が妖しく潤んでいく。ゆっくりと両手を拡げ、圭一に再びの挿入をねだるのだ。

「うん。挿入《い》れたい。また詩織とひとつになりたい。でも、今度、挿入したらきっと俺、射精《で》ちゃうと思う。それでもいい？」

「うん。いいよ……。詩織の膣中《なか》に射精《だ》して……」

リンゴのように頬を上気させ、目元まで赤くして若妻が中出しを許してくれた。

その甘い言葉だけで、圭一は頭の芯が蕩けそうだ。

「詩織ぃ～っ！」

心がキュンッと鳴る音を圭一は、確かに聞いた。

居ても立ってもいられずに、若妻の太ももの間に舞い戻る。

腰高の美脚を両脇に抱え、圭一は縦渠に矛先を突き立てた。

「はうぅ……っ！」

今度の突き入れは、躊躇いも外連味もなく、一気に女陰を貫いた。

すでに、しっかりと馴染ませている上に、勃起の容《かたち》を覚え込ませた媚肉だから直線的な挿入にも苦もなく呑み込ませることができた。

「あっ、ひっ……んんっ！」

ずぶずぶずぶっと膣の最奥にまで亀頭をめり込ませると、こつんと切っ先に何かがぶつかる手応え。

「きゃっ！　つくううぅぅぅんんっ!!」

ソプラノがさらに甲高い悲鳴を上げて、ぶるぶるっと女体が震えた。

期待した通り、軽い絶頂が女体に起きたようだ。軽くはあったが、二波、三波が次々と押し寄せ、ビクンビクンと小刻みに女体を震わせている。

「ううっ、はぁ……んんっ」

なおも、ぶるぶると四肢を慄かせている若妻に、圭一はその大きな掌で、迫《せ》り上げられた豊かなふくらみを捏ね上げるように揉み解した。

「あぁ、これがイクって感覚なのね……。あっ、あぁ……っ！」

桜唇から零れ落ちる喘ぎは、これまでになく鼻にかかりどこまでも甘い。子宮口をいきなり叩かれ、凄まじい官能の痺れに呑まれたのだ。

なかなか引かぬ快の愉悦に、美貌を恍惚に蕩けさせている。

官能味溢れる柳眉を寄せ、富士額に深い皺を刻み、小鼻を膨らませる若妻。桜唇を切なくわななかせながら、悦楽の艶声を絶え間なく漏らしている。

子宮口に到達させた上に、腰を捏《こ》ねポルチオ性感帯を探り当てた圭一は、これまでに感じたことのない類《たぐい》の喜悦電流を女体に通電させ、身も世もなく若妻を牝啼きさせている。

「ひぁぁっ。ああ、ウソっ、私、こんな奥深くまで……。さっきより奥まで届いてるぅ……。あっ、ああ、お腹の底に熱く擦れて……。苦しいのに、感じちゃうの……あぁ、感じちゃうぅぅぅ〜〜っ！」

かつてない部分まで擦られ、若妻は狼狽えるように喘いでいる。

灼熱の肉塊に膣孔を焼かれ、極太に狭隘な肉管を拡張され、コツコツとそこを叩かれ、凄まじい快感が女体に押し寄せるらしい。

「あっ、ああ、イキそぅっ。また、イッてしまいそう……。ああ、ぃやぁん、そこを擦らないで……あっ、あぁ、ダメっ、捏ねちゃいやぁっ！……あはあぁ、ダメなのに、いいっ！」

これまでの経験とは、別次元と思わせるほどの悦楽を詩織に味わわせたい。その一心で、歯を食いしばり、おんなを蕩かせるテクニックを繰り出していく。

奥で暴れさせていた切っ先を引き、今度は浅瀬でポイントを探る。

「あん！　あっ、あぁ……っ！」

狙ったのは詩織のＧスポット。鈴口を入り口近くの窪みに押し当て、クリクリと圧迫擦りを繰り返す。

「あっ！　あ、は、ううっ……。な、なに？　腰が痺れて、子宮が燃えちゃう……」

「浅い所でも気持ちいいでしょう……？　むしろ、こっちの方が本命みたいだね」

当たっているポイントから外れぬよう、慎重に切っ先を小刻みに擦りつける。

恥骨の裏側あたりに位置するそのポイントは、強い刺激を甘受して精子を受け入れやすい状態をつくるのが、その役割と言われている。

「もう少し強くしてもいいよね。俺も気持ちよくなりたいから……」

ほとんど律動《りつどう》をしなくとも、それに見合わぬ大きさの快感を与えることがＧスポットだと可能だ。けれど、これでは圭一の方が物足りない。

「ええ。いいわ。来て……」

色っぽい目をして頷く若妻に、圭一は腰つきを大きくさせた。

しかし、その動きは前後へのピストンとは異なり、上下に切っ先を大きく振るようにして圧力と振動を与える。

「あうっ！　なに？　なんなの？　ああ、ダメぇ……。そこばかり擦らないで……」

若妻が声のオクターブをさらにあげる。これまでにないほど狂ったように啼き叫んでいる。

「すごい。やっぱり、詩織もGスポットが好きなんだね。どちらかと言えば詩織の急所は、奥寄りだね」

おんなの啼き処は、それぞれによって微妙に位置が違う。詩織のGスポットは、比較的奥側にある分、手指で刺激するには届き難《がた》い位置にあった。

けれど、ここを十分開発しておけば、膣イキもしやすくなるはず。

「こ、これがGスポット……。ビリビリ痺れるような気持ちよさが……ああ、クセになってしまいそう」

「クリトリスは、敏感だからすぐにイクことができる分、イッた後は続けて触られると痛みがあったり、むず痒かったりして連続イキが難しいんだよね。その点Gスポットは、続けて刺激できるから、何回でもイクことができるんだよ」

未知の悦楽ポイントを解説して、ある種の暗示を詩織に吹き込む。

「クリイキだと大きな波が一気に押し寄せる感じだけど、Gスポットだとゆったりとした波が何度も押し寄せては去るのが繰り返すんだって……。で、詩織はどう？」

グイグイとポイントに押し付けながら、その快楽を言葉でも教え込む。

「ああ、どうって……。あ、あぁん、こんなのダメぇ……お漏らししてしまいそう」

それは詩織の人生観さえ覆すほどの快美感であり、文字通りの啼き処であるに違いない。失禁しそうな感覚も、Gスポットの特徴だ。

「ひあぁ、もうダメぇ。狂ってしまう。圭一さん、お願い……詩織は、もう、あっ、あっ、あぁぁぁぁ〜〜ん……っ！」

汗ばんだ額に髪を貼りつかせ若妻が悶絶した。絶頂の大きな波が押し寄せたのか、牝肉のあちこちを痙攣させている。細く白い首に何本もの筋を浮かべ、息《いき》みまくっている。

（こんなところの筋までが淫らに悦んでいる……。詩織、なんてエロいんだ……！）

桜唇に人差し指を咥え、ふしだらに零れる声を少しでも押し留めようとしている。若妻の薬指を飾る銀のリングが、圭一の目に止まった。

（ああ、また詩織が絶頂する……。もっともっと堕としてやる！　すっかり詩織を俺のモノにするために！）

愛は惜しみなく奪うもの。抱き心地のいい女体を抱き締め、桜唇をたっぷりと吸いながら、人妻としての操《みさお》も捧げさせる。

股座《またぐら》から卑猥な蜜を滴らせ、圭一の逸物を食い締めながら、心まで奪われようとしているのだ。これを堕ちたと言わずして何と言う。

「ひっ、あんっ。あ、圭一さん……あひっ、あっ、あっ、ああん」

浅瀬でGスポットを擦り続けた肉塊を、ぢゅぶぢゅぶっとまたしても奥にまで埋め込み、刹那に腰を切り返しては、ずるるるんっと抜き取る。エラ首の返しを膣口に咬《か》ませなければ、抜け落ちたであろうほどにまで引き抜き、一転して、鋭く腰を突きだして、ズンと重々しく女体を串刺しにする。

「あぁあああああっ……。くふぅっ、つくぅう、ぅつくぅう……」

美妻は悩ましい艶声を爪弾かせ、雄々しい肉槍を迎え入れる。

女体に甘く揺蕩《たゆと》うていた官能が破裂して、立て続けに絶頂の波に浚《さら》われている。

肉体はおろか心まで快美感と多幸感を甘受する器官にさせ、若妻そのものが性器と化したように喘ぎまくる。

「愛してるよ。詩織。心から愛してる……。こうして詩織の子宮にち×ぽを挿入《い》れていると、俺と詩織は結ばれる運命だったのだと感じるんだ」

甘く愛を囁きながらまたしても腰で円を描くと、おんなの腹がビクビクッと短い痙攣を繰り返す。

圭一は、おんなの泣き処を知っている。詩織を狂わせる術を熟知している。悦楽を執拗に掻き乱される快感が、若妻を淫らな色欲の虜にする。それを望んだのは、詩織の方だ。未知の世界へ連れて行ってと、若妻が求めたのだ。

「詩織も愛してる。圭一さんが好き！　もう詩織はあなただけのものよ！」

自発的に囁いた瞬間、若妻の女体がブルブルブルッと震えた。何か大切なものが壊れたのだろう。妻として、今まで大切に守り通してきた理性や倫理、誇りや貞操観念が全て粉みじんに砕けたのだ。同時に、詩織は解放されたはずだ。ひとりのおんなとして生まれ変わったのだ。

「ありがとう詩織。でも、どうせ口にするならもっといやらしい言葉で、情熱的に言ってよ！」

圭一が求めると、詩織の鼓動がドクン、ドクンと高鳴るのを確かに聞いた。

「し、詩織は圭一さんの牝として飼われるわ。だから、詩織のおっぱいやおま×こをいっぱい可愛がって。詩織をめちゃくちゃにして！」

ついに圭一は言わせた。詩織の身も心も全て堕としたのだ。

「うれしいよ。ようやく詩織が、俺の牝になってくれて……。大丈夫だよ。詩織はこんなに魅力的だから。おま×こだって最高だから、何時間でもハメていられる。たっぷりと可愛がってあげるよ」

「こ、こんなセックスを何時間もだなんて……」

圭一の宣言に、詩織が目を丸くした。心がわなないたのだろう。膣肉が貪欲にきゅんと締まった。快美な時間が、これからも続くのだと想像するだけで、女体が酩酊《めいてい》したらしい。

「これからは、毎日このち×ぽを詩織のおま×こにしゃぶらせて、俺のち×ぽ中毒にするからね」

どこまで圭一が本気なのかと見定めようと、詩織は濡れた瞳で見上げている。

「うれしい。圭一さんのち×ぽ中毒になるほど、詩織は愛されるのね……」

ずっと蕩け切っているカラダが、あながちそれが大げさではないと教えるらしい。

「そうだよ。詩織は俺のものなんだ。すっかり堕ちてしまったのだよ」

堕ちたと宣言された詩織は、けれど、自らを縛り付けていたものから全て解き放たれたような、晴れ晴れとした貌をしている。

「お願い……。圭一さん。詩織をイキ狂わせて……！」

詩織のおねだりに満足した圭一は、硬く膨張した亀頭をなおも膣襞にずぶずぶとめり込ませる。

膣奥から湧き出す本気汁が攪拌されて白く泡立ち、びちゃっとシーツに飛び散る。

発情しきった牝の匂いが部屋に充溢し、若牡の獣欲を苛烈に焚きつけた。

「詩織の心もカラダもすっかり俺に順応してるね。お望み通り、たっぷりとイカせてあげるよ！」

囁きながら圭一は、若妻の膣奥で分身を捏ねまわしながら、容《かたち》のいい乳房の谷間に顔を埋める。

窄めた唇に乳首を捉えると、幼子の如く、淫らに膨れあがった乳頭に吸い付いた。

「あんっ！」

途端に、乳首はきゅんとしこりを強め、いよいよ性器としての感受性を高める。

圭一はあんぐりと口を開き、そのそそり勃つ乳首ごと乳房の三分の一ほども口腔に含んだ。

「ふうンッ！」

しゃくりあげるような喘ぎと共に、詩織が激しく頭を振る。

口腔の熱さに、乳房と子宮が蕩けだしてしまいそうな歓びが全身に拡がったのだ。

「あぁぁぁ～～っ！」

甲高い獣じみた声で啼く牝妻に、圭一は本気のストロークを開始した。

肉壺を掘り起こす小刻みな微動から、スローピッチではありながら、大きなピストンへと変化させたのだ。

カリ首を膣口の内側に引っ掛け、露出するギリギリで腰を反転させ、奥深くまでめり込ませる。

膣奥に潜む悦楽のポイントに的確に擦りつけるため蜜路を大きく掻きまわすように抽送した。

成人男子の逞しい体を存分に駆使して、圭一は若妻を翻弄していく。

「あっ、あっ、あぁ……素敵！　本気のあなたは、こんなに力強くおんなのカラダを揺さぶるのね」

情欲に充ちた獣の如き腰遣いで、あっという間に詩織を絶頂へと導いた。

「イクっ……ああ、イクぅ～～っ！　これがそうなのね……あぁ、イクって、すごいいっ！」

凶暴で鮮烈な喜悦に四肢を粉みじんに砕かれ、詩織が啼きじゃくる。

しかし、若妻の絶頂が、この性交の終わりではない。

頂点を極めた女体になおも圭一は、激しい抜き挿しを二度三度と繰り返す。

たちまち次の絶頂に牝妻が襲われた。

「あんっ。ま、待って……。あぁ、ダメぇっ……し、詩織、イッているの……あん、あっ、あぁっ……切ないわ……イってるおま×こ、突いちゃいやぁ……」

激しく深い絶頂に見舞われている最中も、圭一は容赦なく三回、四回と大きくストロークを打ち込む。そのたびに若妻は、ドクンッ、ドクンッと熱い雫の奔流を迸らせ、絶頂へと押し上げられている。

それも一度目よりも二度目、二度目よりも三度目と、その質と高さを次々と凌駕《りょうが》し、狂おしいまでの悦楽が二倍、四倍、十六倍と二乗三乗に大きく膨らんでいるはずなのだ。

しかも、未だ圭一は吐精しておらず、敢然とその兇器で詩織を貫いたままでいる。

「まだイケるかな。もっと深い悦びを味わえるはずだよ。ほら、まだイキ足りないって、痛いほど俺のち×ぽを締め付けている！」

前屈みにべろべろと乳房を舐めしゃぶりながら圭一は腰だけをゆっくりと引いていく。

「あっ、あはぁん……。抜かれるのが切ないぃぃっ……」

また突き入れがくる。その予感に若妻が、慄きながらも期待に下腹部を甘く痺れさせている。

とめどない欲求と噴き上げる歓喜の渦に、上品な美貌を苦悶にも似た表情に崩れさせ、豊かな雲鬢《うんぴん》をおどろに左右に振り乱している。

「あううっ、はううっ」

高熱に浮かされているように、苦しげに呼吸を繰り返し牝妻が、圭一を潤んだ瞳で見つめている。

間近にある圭一の貌。唇と唇の間は5センチもない。詩織は自ら頭を浮き上がらせて桜唇を近づけた。それを待ち受けていた圭一は、媚妻の舌を吸い付ける。

「ふむん。ぬふん。ふむむむっ」

詩織はふしだらな呻きと共に、圭一の首筋に腕を回し武者振り付いた。

かつて交わした口づけのどれよりも情熱的であり烈しいキス。舌と舌を貪りあい、溶けたバターのように蕩け、混ざり合う。

甘美な瞬間に心まで浸りながら、ストロークの再開を今か今かと待ち望む詩織。圭一もじりじりと焦れ、我慢しきれずにまたしても分身を抜き挿しさせる。同時に、ぶ厚い舌を牝妻の口腔に出入りさせた。

両手で乳房を弄び、凄まじい合一感に苛まれながら、脳のシナプスが焼き切れるほどの多幸感に包まれていく。

「くおおぉおっ……。い、いいよ。最高だ。詩織のエロま×こ最高だっ！　と、溶けるよ。俺のち×ぽが溶けちゃうッ！　もうダメだ。射精《で》ちゃいそうだ!!」

ようやく圭一は限界を口にした。我慢の上に重ねたやせ我慢も、ついに制御を失っている。

全てのテクニックを忘れ圭一は、忙しなく荒腰を使いはじめた。

入り口から最奥まで余すところなく擦りつけ、烈しい抽送を繰り返す。

「は、激しい……そんなに激しく突かれたら、子宮が、し、子宮が痺れちゃううぅうッ!!　ああ、ダメぇ！　詩織、またイクッ！　イクううぅぅ～～っ!!」

巨大な亀頭で媚肉を掻き分け、貫き、奥を小突きまわし、肉襞をめくり返すほどの勢いで引き抜いては、また押し入る。

凄まじい歓喜のうねりに四肢を貫かれた詩織が、啼き啜りながらイキ貌を大きく左右に揺すった。

だが、牝妻もされているだけではない。媚尻を浮き上がらせ、艶腰をくねくねとのたうたせ、圭一を搾り取るように膣中をヌチュヌチュと蠢かせている。

しかも、入り口付近で付け根を、膣の中ほどで肉幹を、そして膣奥でエラ首周りを三段締めに食い締めてくる。

「ぐわあぁっ！　す、すごい！　気持ちいいぞ!!　具合いいにもほどがある！」

一気に余命を奪われた圭一は、その裸身の熱く潤った中心部に、ただひたすら己の劣情を満たすためだけに肉塊を打ち込んだ。

「俺の精液を詩織のおま×こに全部注ぐから一滴《てき》も残さずに呑むんだよ！」

若妻の美尻を両腕に抱え込み、圭一は潤うぬかるみを力強く引き付けた。

「きゃううぅっ！　イッ、イクッ、詩織、またイクぅぅぅ～～っ!!」

美貌を陶然と染め上げ、牝妻は立膝にした両脚で牡獣を挟み込み、同時に夥しい雫を浴びせながら勃起を締め上げ、全身全霊で官能の悦びを噛みしめている。

「ぐわあぁっ。なんていやらしい練り腰！　なんて淫らなおま×この締まり具合っ！お、俺も射精《で》るッ、射精《で》るぅぅぅ～っ！」

亀頭の先端に子宮口の窪みを捕らえ、まるで胎内に火薬を破裂させたかのように、バチンと子宮に響かせた。

びゅびゅっ、びゅびゅびゅびゅびゅっ！　っと、凄まじくも派手に吐精をする。

夥しい精液が子宮に注ぎ込まれたのを察知して、詩織の美貌が弛緩《しかん》していく。牝の本能がなおも若妻を多幸感に導くのだ。

「ああ、詩織は、もうすっかり圭一さんのおんななのね。うれしくてイクのが止まらない……！」

白い喉を晒すようにして、女体がグッとのけ反り、その動きを止めた。

凄まじい高さにまで打ち上げられた分、空白の時間も長い。純ピンクに染まった美しいアーチがようやく解け、ドスンと腰がベッドに落ちた。途端に、ドッと汗を噴き上げ、美しい肉体がぴくぴくとヒクついている。

薄紅乳色の余韻に包まれながら詩織は熱に浮かされたように、「こ、こんなの、いけないのに……」と禁忌を呟きながらも恍惚に酔い痴れていた。

終章

「ねえ。結局、詩織が一番気持ちいいのはどこ？　おっぱい？　それともおま×こ？」

ソファの上で、全裸の超絶美人妻を貫いたまま質問している。

日曜日の昼下がり。

居間に挿し込む日差しは、すっかり初夏を感じさせる。

汗に濡れた白い女体が眩いまでに濡れ光り、ハレーションを起こしている。

原稿の締め切りを明日に控え、ラストスパートというこの時期に、「どうせ食事もインスタントとかで済ませているのでしょう？　そんなのでは体を壊してしまうわ」と、陣中見舞いに来てくれた若妻を全裸に剝いて、パソコンにも向かわずに対面座位で貫いているのだ。

「あっ、あぁん……ねえ。圭一さん。お仕事はいいの……？　詩織、邪魔をしに来たのではないのに……。あ、あぁん！」

明日が締め切りといっても、詩織たちの記事を掲載した雑誌は既に店頭に並んでいる。

つまり締め切りが迫っているのは、来月分の原稿だ。

あれから詩織とは、なし崩し的にずぶずぶの関係が続いている。いまでは彼女の方から、こうして圭一の部屋を訪ねて来ては、肌を重ねるようになっていた。

実は、千鶴や沙耶とも時折、密会を重ねている。

いくらポーカーフェイスを繕っても、隠し事のできないタイプの圭一は、三人に互いの存在を伝えてある。その上で関係を続けて欲しいと、ムシのいい求愛をしたのだ。

そんな圭一にばかり都合のいい懇願にも、意外なことに千鶴と沙耶はあっさりと受け入れてくれた。

ふたり共に、いままでの生活を壊すことなく圭一との関係も続けたいと思っていたらしく、その意味では互いのメリットが合致したのだ。

唯一、難色を示したのが詩織だった。

夫と別れることを心のどこかで決めていた節のある彼女だから、圭一とオンリーの関係になりたかったらしい。

むろん圭一も詩織のことを愛しているし、彼女が結婚を望むならそれも選択肢の中には入れていた。

それでも結局、圭一の注文に応じてくれたのは、詩織に新たな夢が生まれたからだ。驚いたことに、圭一のようにライターになりたいそうだ。

何と物好きなとは思うものの、それが彼女の夢であればやむを得ない。圭一としてはできる限りの応援をするまでのこと。何なら圭一の手伝いからキャリアを積むという選択肢もある。

「詩織には、仕事のパートナーとセックスのパートナーの両方を兼ねてもらうって手も、ありでしょう？」

そんな圭一の提案に、詩織がくしゃくしゃっと愛らしく相好《そうごう》を崩した。

「もう。圭一さんたら、それでは公私混同が過ぎるわよ……。でも、確かにそれはありかも……。もう詩織は圭一さんのセックスパートナーなのだし、側にいれば他のディーバに手出しもできなくなるでしょう？」

ちょっと小悪魔のような表情を見せてから屈託なく笑う詩織。そんな彼女が、ますます圭一の中で大きな存在になっている。

いずれにせよ、圭一には詩織が自立できるようになるまで見届ける責任が生じたようだ。それはそれで愉しいことになりそうな予感もある。

（沙耶さんや千鶴さんとも、これからどうなっていくかは判らないけど、まだしばらくは蜜艶の時間が続きそうだな……）

そんな浮気な生活が、いつまで続くかは判らない。

頭のどこかから、享楽的に過ぎるとか、堕落していると、自らを批判する声もしてくる。けれど、極端な話、自分が好意を寄せたおんなと行為に及ぶことができるかどうかで人生の豊かさや悦びが増すのだと、圭一の中にあらたな価値観が生まれている。

（大なり小なり、男なんてそんなもんだよな。いつだっていいおんなを抱きたいって願っているんだ……）

その願いが三人の美女たちによって満たされている自分は、しあわせものであるに違いないのだ。

こうして詩織と恋人同士のように肌を重ねること以上の望みなど、何があると言うのか。

「仕事なんかより、詩織とのセックスの方がずっと大事だよ……。それよりも、どうなのさ……。おっぱい？　それともおま×こ？」

優しく背筋を撫で擦りながら乳膚にぷっと吹き出した汗の粒を舌先で掬う。

「あぁ、いい匂いだ……。やっぱり詩織のおっぱい、甘い香りで最高だ！」

たとえ勃起不全に悩む男でも、この薫香を嗅いだ途端、立ちどころに復活を遂げるのでは、と思うほどのフェロモン臭。瑞々しくも完熟の女体が放つ牝臭に、圭一は心から溺れている。

「あん！　おっぱいもおま×こもすごく感じる……。圭一さんにしてもらえるならどこでも感じちゃうわっ！」

自分から訊くだけ訊いて、返事も聴かぬうちに乳房への狼藉《ろうぜき》を振るう。そんな自分勝手な若牡に、同じ年の人妻は大人しく身を任せてくれる。

部屋中に淫らな熱気が充満して、女体は汗みどろに濡れている。けれど、それは、彼女が既に何度もイキ極めている証しでもある。

「どこでもってことは、こんな場所も？」

言いながら圭一は、細腰にあてがっていた右手を女体の裏側に進め、尻の谷間を探った。

「あ、ダメっ。そこはいやっ……あっ、あっ……。お願い圭一さん、やめてぇっ！」

牡獣の狙いに勘づき、詩織は狼狽の色を浮かべ懇願する。

美妻のカラダをことあるごとに貪り続けている圭一は、すっかりその性感帯を暴き立て、隅々まで女体を開発している。結果、詩織自身浅ましいと口にするほど圭一が欲しくてたまらないカラダになっているらしいのだ。

アヌスに指を咥え込ませるのも、これが初めてではない。

初めは若妻を恥ずかしがらせるための責め処であった菊座が、彼女の性感帯の一つであると気づいてからは、毎回必ず揉み解し、指先を嵌入させている。

いずれここの処女を奪うつもりだ。

「でも詩織は、どこでも俺にしてもらえれば感じるって言ったよ。だから、ほら、お尻の孔《あな》でも感じてみせてよ！」

美人妻をぶっさりと貫いたまま、執拗に尻孔を指先でくにくにっと揉み解す。

途端に、美貌が左右に振られた。

「ああ、そんな……。詩織、またお尻を弄られて感じてしまうの……？　あっ、あぁん、いやぁ！」

恨めしげな瞳で見つめられるのも素知らぬふりで、ヒクつく菊座を指で触診しながら、窄まりの中心にゆっくりと突き立てる。若妻の股座は初期絶頂に、すっかり濡れ散らかしているから潤滑油《じゅんかつゆ》には事欠かない。

「あああぁ、そんな……挿入《い》れちゃダメぇ……ダメなの、あああああぁぁぁっ！」

直腸への指の挿入を阻止しようと括約筋《かつやくきん》に力が入る。お陰で、膣孔に埋めていた肉棒も根元から先の先まで全て余さず、ぎゅっと締め付けられた。

「おおおおおおおおっ！　詩織ぃっ。すごい、すごい、すごい……。締まるぅ……ち×ぽが、ぎゅううううって締め付けられる」

「あはぁ、だって、ダメなの……。圭一さんが、詩織のお尻に意地悪するから……。ああん、いやぁ……。まだ挿入《い》れちゃうの？　あぁぁん！」

恥じらい喚《わめ》く牝妻が、ひどくカワイイ。その声に満足した圭一は、指の侵入を第二関節のあたりで止めさせた。

「おおっ。お尻の締め付けもすごいよ……。指が痛いくらい……。ほら、少し緩めて。血が止まっちゃうから」

「あああぁぁぁ、緩めるなんてそんなことをしたら、絶対圭一さんはいやらしいことをするのよ……。詩織のお尻の孔に出し入れさせちゃうのでしょう？」

「だって詩織が感じてるから。ケツの孔をいじったらアクメにぐったりしていたおま×こがヒクヒクいって熱い滴りを吹き出させたよ……。ほらぁ、ほらほらぁ！」

言いながら圭一は左の指で蜜汁をこそぎ取り、詩織の目の前に突き出して見せた。

「いやあ。見せたりしないでぇ……！」

どれほど従順になっても若妻は、やはり恥ずかしがりのおんななのだ。聡明極まりない美妻が、これほど羞恥して狼狽えている。

「絶対に詩織には、ケツま×この才能があると思うよ。膣ま×こと一緒に責められてこんなに喘いでいるのだから」

詩織はマゾだと、追い打ちの言葉を耳打ちしてやると、美麗な女体がブルブルーッと艶めいた痙攣をはじめた。

言葉責めに弱いのも彼女の性癖の一つだろう。

「ほら、素直になろうよ。お尻を弄られて気持ちよくなっちゃおうよ！」

尻穴を弄んでいるせいか、サディスティックな気分になっている。

「ああん。お尻でも感じちゃうなんてビッチみたい……。そんなに詩織に意地悪しないで……。お尻の孔で感じちゃうなんて、ダメなのに……！」

嫌がる言葉とは裏腹に、若妻の表情には切羽詰まった色が滲んでいる。

「あぁ詩織、こんなにふしだらで淫乱みたい……。こんな自分、嫌いなのにぃ……」

どうにかなってしまいそうなほどの快感を裏表の門から受けているのだから、それも当然だろう。けれど、それを当たり前と受け取らずに、いつまでも初々しい恥じらいを見せるのが詩織の魅力だ。

「どうしてさ。俺はエロい詩織、大好きだよ。淫らでもすっごく綺麗だし……。やばいくらいカワイイしね」

「あぁ、そんなにうれしがらせないで……。圭一さんにそう言ってもらえるとすごくしあわせで……あぁ、詩織、いっ、イッちゃう、あっ、あっ、あぁ、ダメっ！　イクの、イクっ、イクッ、イクぅうううううっ！」

びっくん、びっくん妖艶に痙攣を起こしながら、悩ましい啼き声を甲高く漏らし、詩織が激しくイキ乱れる。

「ぐわぁ……。詩織っ！　また派手にイッたね。っく、すごい締め付けだ……。かなり大きなアクメだね」

牡獣の言葉に蕩け、前と後ろの門をぐりぐりと刺激され続け、瞼の裏に極彩色の花火が打ちあがったのだろう。お尻を弄られる恥ずかしさが、絶頂の訪れる感覚を見失わせていたからこそ、不意打ちのように極まってしまったのではないか。

「んふぅ……あはぁ、ぁふぅ……ハァ、ハァ、ハァ……」

半ば意識が千切れ飛んでいる若妻の艶めいた唇に、圭一はねっとりとしゃぶりついた。

熱い口づけを何度も浴びせ、濡れ光る瞳の奥を覗き込む。いまや最愛の男の座を占めた圭一の血走った眼が映り込んでいる。

「ほらあ、自分ばかりがイッてずるいよ。俺も気持ちよくしてくれなくちゃ！」

拗ねたように甘えてやると、途端に同じ年の美妻が我に返る。

「ああん。本当に、詩織のカラダ淫らすぎるわ……。圭一さんにばかり置いてけぼりを食わせてごめんなさい」

「そうだよ。いつも詩織ばかりが先にイッて……。でもエロい詩織は、物凄く色っぽくて美しいから許しちゃう……。ああ、だけど、ねえ。そろそろ俺も射精《だ》したい。腰を振って俺をイカせてよ。そしたらお尻の指を抜いてあげるよ」

「わ、判ったわ。圭一さんを射精させればいいのね……」

小さく頷いてから若妻が、対面座位の蜂腰を軽く浮かせ、クナクナと戦がせていく。普段の清楚な姿からは、まるで想像のつかない腰つきだ。

圭一の肩に頤を載せ、可憐に細腰を揺すり続けるのだ。

けれど、イキ極めた余波を残したまま蜂腰を振っていると、つい自らの官能を追う動きになってしまう。

「あっ、あん。やぁん。気持ちいいっ！　ねえ、気持ちいいのっ!!　圭一さんを気持ちよくさせるはずなのに、あぁ、このままでは、また詩織の方が変になっちゃぅ！」

浅瀬の感じるポイントに擦りつけては甘く呻き、奥のポルチオに導いてはすすり啼く牝妻。またも官能の漣《さざなみ》が女体に押し寄せる中、桜唇を色っぽくわななかせながら腰つきをくれる。

「あっ、はぁぁん。ねえイって。早くイッて……。じゃないと、詩織、切なくなってるぅぅ……！」

「ああ、いいよ。詩織のエロい腰つき。熱くて奥まで濡れ濡れのおま×こが、ち×ぽのあちこちに擦れてるよ！」

「いやよっ。いやらしい腰つきなんて言わないで。詩織だって、淫らな自分を判っているの……。あぁん、なのに腰を止められない……。圭一さんを気持ちよくしてあげるつもりなのに……あぁ、また詩織の方が……」

恥じらい深く、聡明であるからこそ、彼女は自らを淫らと捉えるのだろう。けれど、圭一は、そんな若妻をビッチであるとか淫乱などとは微塵《みじん》も思っていない。むしろ、彼女をつくづく美しく、カワイイと思っている。

「圭一さぁん……あん、あぁ、ダメなの……気持ちよすぎちゃうぅぅぅ〜〜っ！」

艶めかしく蜜腰を振りながら、詩織が啜り啼きを響かせる。室内に充満する喘ぎ声は、アパートの外にまで漏れ出しているだろう。

「すっかり、詩織は気持ちいいのを覚えたみたいだね」

「お、覚えちゃった……。ううん。圭一さんに覚えさせられたのぉ～～……っ！」

熱い吐息を漏らし、８の字を描く純白女体が蜜のように甘く匂い立つ。

肌を流れる汗は滝にでも打たれたかのよう。全身がオイルを塗られたように妖しく煌めき、繊細な黒髪を美貌にべったりと張りつけている。

「あうん、ああん、ダメぇ……詩織、またイクぅ……け、圭一さん…もう、ダメなの。おかしくなっちゃうのぉ……」

つるんと剝き玉子のような絹肌のあちこちを圭一は手指でまさぐる。そのたびにビクン、ビクンと女体が切なくわななくのが愉しい。

「おかしくなってもいいよ。詩織のイキ貌、俺は何度でも見たいから……！」

「でも、また詩織ばかりって……」

「いいよ。もう言わないから我慢しないで……。詩織が気持ちよくなると俺もうれしいんだ」

我ながら圭一は、自らの中に天使と悪魔を飼っている自覚があった。その双方に翻弄されて、美妻はすっかり墜ちていくのだ。

目元をサクランボさながらに紅く上気させ、ぱっちりとした眼は潤み蕩け、煌めく瞳は可憐な上目づかいも一途に、圭一の顔をじっと見つめている。

「ああ、詩織、なんていやらしい貌をするんだ！」

成熟したおんなの絶望的なまでの妖艶さには、獣と化した圭一でさえ胸を疼かされてしまう。

たまらず、詩織の美貌に唇を寄せ、キスの嵐を浴びせかけながら愛撫を続けた。

圭一の指先や唇が、細い首、細い肩、華奢な鎖骨《さこつ》と濡れた肌をなぞっていくと、牝妻は敏感にも爪先まで緊張させてビクビクと快感痙攣に震える。

「ほら、イキたいのでしょう？　今度は一緒に俺もイクから、もっと腰を動かして」

圭一に促され、最奥まで肉柱を導いたまま蜜壺がグラインドを再開させる。抜き差しではなく、密着したまま円を描くように肌を擦れさせていく。

「ぐふっ！　し、詩織のおま×こがヒクヒクしながらち×ぽに巻きついてくる。すごく気持ちいいよ！」

「詩織もよ。どうしようもないくらい気持ちいい。あぁん、詩織狂ってしまう！」

グラインドしていた腰つきがどんどん忙しなくなっていく。前後にも大きく揺すりながら、膣孔の襞という襞を肉棒に擦りつけてくる。

熟女の練り腰で、びちゃびちゃと性器から淫らな水音が立つ。

「あぁぁぁ、もう……もう……あぁあぁぁん、ああああっ……だめなのに……イッちゃう……あぁ、圭一さん……圭一ぃぃぃ……！」

扇情的に牝啼きする若妻に、最早、圭一もじっとしてはいられなくなった。左手の指を詩織の裏孔に挿し込んだまま下から何度も腰を突き上げる。

無意識のうちに尻に回した左手に力を込め、女体を持ち上げようとするから、微妙な力が肛門にも加わっている。その度に菊座がぎゅっと締めあげ、巻き添えに肉棒も強く締め付けられた。

「すごいよ。締めつける……。ヌルヌルなのにおま×こが、ぎゅって締めつけるんだ……。あぁ、最高だよ……気持ちいいぞぉぉ～っ！」

恍惚の官能味に、圭一は魂を抜かれる思い。ついに性悦が沸点に近づいた。陰嚢が発射前の凝固をはじめている。

「気持ちいいっ。ち×ぽに擦りつけてくるおま×こも……。胸に擦れるおっぱいも……。ももを擦る尻肉も……。詩織の全部が気持ちいい……。好きだよ。詩織っ……愛してるっ！」

「ああ、圭一さん。詩織もよ。あぁ……圭一さんの全部が……大好き……あああぁっ……あぁん……。ねえ、好きなの……あぁ…好き、好きぃぃ……っ！」

蜂腰がさらに大きく揺らぎ、ずぶんずぶんと勃起の抜き挿しをはじめる。悩ましくお腹がくね動いては、膣肉を強く打ち付けてくる。

「ぐうぉぉぉっ。いやらしいおま×こに射精《だ》すよ……あぁぁ、イクっ！」

「ほおおおおぉ……。お、お願い！　射精《だ》してっ……。詩織も一緒にイクから……。圭一さんの熱い精子をお願いぃぃぃ〜〜っ！」

牡獣の精を子宮で受け止めようと、牝妻は発情した尻をなおも振り、圭一の噴精を煽る。凄まじい快感。何もかもがドロドロに蕩けるほどの悦び。耳を劈《つんざ》くほどの多幸感。時が止まり、全てが充足へと結実していく。

ドップッと自らの吐精音が膣孔を劈いた。やせ我慢の果てに、ようやく夥しい牡液を噴射させたのだ。

絶倫状態の若牡は、何度放精しても、その濃厚さや勢いを衰えさせない。白濁の塊が若妻の子宮口にぶつかり、イキ極めていた牝肉をさらなる高みへと導いた。

力強く抱き締められた媚人妻は、情感たっぷりに圭一の名前を呼んでいる。

「ああ、詩織。こんなにエロい貌をして……。目の焦点もあっていない……。でも詩織は、やっぱりいいおんなだね。ねえ、口づけしよう！」

「んんっ、圭一さん、好きよ……好き、好き……。んふぅ、愛しています」

若妻の桜唇に圭一は自らの唇を重ねていった。そのまま互いの想いを確かめるように、激しく舌を絡《から》め合わせた。


まだ六月だというのに、気の早い夏空が、白く眩い雲を輝かせている。

今月発表されたNo．1淑女には、圭一の予想通り、詩織が選ばれた。二番目に千鶴、そして沙耶が三位に入った。

「もう！　三人とも圭ちゃんのお手付きになったディーバちゃんじゃないの」

「そうですかあ？」

土方にしっかりと見破られても、圭一は知らん顔でやり過ごすしかない。

「惚《とぼ》けるんじゃないわよ。まあ、仕方がないか、圭ちゃんに抱かれてオーラが変わったのよね……。ホント圭ちゃんのおんなを見る目は間違いないわね。しかも、その眼はおんなを堕とす目でもあるから手に負えないのよ」

圭一は、土方こそ慧眼《けいがん》に違いないと思う。

「まあ、いいわ。ちゃんと三人とも可愛がってちょうだい！　しっかりおんな振りを磨いてあげるのよ。もうすぐ年間のNo．1を決めなくちゃだから」

土方のその言葉に、三人には今一度紙面に登場する機会が生じたのだと、気づかされた。

当然、圭一の記事もセットでということになる。

彼女たちと今一度仕事ができるのは、単純にうれしかった。

「はい。必ず最優秀は彼女たちの中から出します！」

彼女たちを年間の最優秀ディーバに導くのは、自分の使命だ。

そのためには三人の媚妻たちの美を、圭一はさらに磨いてやらなくてはならない。

その免罪符を土方からも得られたのだ。

「あらら、ディーバちゃんたちを壊さないでよ。圭ちゃんならやりかねないから」

苦笑いする土方に、圭一は力強く頷いてみせた。

三人の他人妻たちを牝に変えさせる情根が、下腹部で膨らんでいく。

(今夜も、たっぷりと壊れるくらいの愛情をぶつけなくちゃ……！)

沙耶、千鶴、詩織。三人の牝妻におんなのしあわせを際限なく注ごうと圭一は心に決めた。


（了）

※本作品はフィクションです。作品内に登場する
団体、人物、地域等は実在のものとは関係ありません。

艶《つや》めき新生活《しんせいかつ》

〈書き下ろし長編官能小説〉
2022年3月21日初版第一刷発行

著者……………………………………………北條拓人

デザイン………………………………………小林厚二

発行人…………………………………………後藤明信
発行所………………………………株式会社竹書房
〒102-0075　東京都千代田区三番町8-1
三番町東急ビル6F
email：info@takeshobo.co.jp
竹書房ホームページ　http://www.takeshobo.co.jp
印刷所…………………………中央精版印刷株式会社

■定価はカバーに表示してあります。
■落丁・乱丁があった場合は、furyo@takeshobo.co.jp までメールにて
お問い合わせください。

好評既刊

長編官能小説
絶対やれる健康診断
杜山のずく　著

夫婦の倦怠期に悩む男は、美人女医の勧めで性欲を取り戻す特別な健康診断を受ける…！　白衣ハーレムロマン！

770円

長編官能小説
湯けむり商店街
美野　晶　著

さびれた商店街に住む青年の土地で温泉が湧き、彼の周辺には淫らな女たちが集うように…。温もり誘惑ロマン！

770円

長編官能小説〈新装版〉
囚われた女捜査官
甲斐冬馬　著

気高く美しい女捜査官コンビを待ち受ける快楽地獄の罠！　想像を超える責め苦に女肌が悶え喘ぐ圧巻凌辱エロス。

770円

長編官能小説
発情温泉の兄嫁
北條拓人　著

憧れの兄嫁と旅行中、青年は美人若女将や奔放な女客に誘惑され、兄嫁とも一線を超える…。混浴の快楽ロマン。

770円

長編官能小説
孕ませ巫女神楽
河里一伸　著

地方神社に伝わるお神楽に発情した美人巫女たちは、青年との愛欲に耽る。肉悦と誘惑の地方都市ロマン長編！

770円